www.ingramcontent.com/pod-product-compliance
Lightning Source LLC
LaVergne TN
LVHW100527110826
845146LV00002B/807

* 9 7 9 8 9 9 1 8 8 8 2 0 2 *

ندبـات

رحـلة طبيـبة تجمـيل

د. مشاعل إبراهيم النابوده

Dr.alnabooda@gmail.com

ندبات | رحلة طبيبة تجميل

الكاتبة: د. مشاعل إبراهيم النابوده

الطبعة الأولى 2025

دار سيل للنشر
دبي – الإمارات العربية المتحدة

يستخدم هذا الكتاب خطًا وتنسيقا يساعدان على تسهيل تجربة القراءة لمن يعانون من عسر القراءة، نحو تجربة قرائية شاملة.

التصنيف العمري: +18

تم تصنيف وتحديد الفئة العمرية التي تلائم محتوى الكتب وفقا لنظام التصنيف العمري الصادر عن المجلس الوطني للإعلام في دولة الإمارات العربية المتحدة.

رقم إذن الطباعة من مجلس الإعلام الوطني في دولة الإمارات العربية المتحدة.
MC-02-01-4239925

ISBN: 979-8-9918882-0-2

Email: info@SailPublishing.com
Facebook: facebook.com/SailPublishing
Instagram: @SailPublishing
Twitter: @SailPublishing

إهــداء

إلى الجبال الرواسي في حياتي التي أستند عليها في حياتي..
أمي وأبي.. شقيقاتي وأشقائي.. زوجي وأطفالي.. صديقاتي وأصدقائي..
وجميع من لامس حياتي بالخير..

كل الطبيبات والأطباء الذين اختاروا هذه المهنة،
رغم التحديات والعقبات التي تتخطونها بجسارة
منذ أن رفعتم أيديكم بقسم أبقراط.

إلى كل من دعمني وألهمني وشجعني على الكتابة،
أهديكم روايتي المتواضعة
وأتمنى أن تزيدني قرباً إليكم..

هذه الرواية والشخصيات من وحي الخيال،
وأي تشابه إيجابي أو سلبي بينها وبين الواقع،
هو محض صدفة..

.... ربما

ندبة: (اسم)

- الجمع: نَدبات، نَدَبات، نَدَب، نُدوب وأنداب
- نَدَبَة / نَدْبَة
- ندبة الجرح: أثره الباقي على الجلد
- ندوب الزمان: آثار أحداثه على الإنسان

جُرح: (اسم)

- الجمع: جُروح، وجِراح
- الجُرح: الشق في البدن
- جُرْح جائش: فائر الدم
- وضع يده على الجرح: صادف أساس المشكلة، وأصاب حقيقتها، عرف سبب الشكوى
- ترقيع الجُروح (طب) عملية جراحية تزال فيها الجروح ويغطى مكانها برقعة جلدية تؤخذ من المريض نفسه، أو الاستعاضة بجلد من متبرع.

لا تجزع من الجرح..
فهو المكان الذي يدخل منه النور إليك

جلال الدين الرومي

العلامات التي يخلّفها الناس
غالباً ما تكون ندبات

جون غرين

المحتويات

مـــرام

العلامات التي يخلّفها الناس

مرحبا أنا مرام طبيبة تجميل، لست متخصصة، ولكني أعمل في قسم جراحة التجميل منذ أن أنهيت سنة (؟) وبالرغم من إتمامي ثمانية عشر عاماً في هذا القسم وكل المهام التي أنجزها لم تشفع لي لأكون أخصائية ولا تخولني لأحصل على ترقية، ولكن على الأقل منحني الامتياز دخول غرفة العمليات وأن أشارك في إجراء العمليات الصغرى، وبعد عدد لا بأس به من العمليات التي حضرتها كمساعدة يسمح لي الجرّاح المشرف أن أكون الجراحة الرئيسة بشكل غير رسمي وتحت إشراف الأخصائي، ما زلت أذكر سعادتي ورهبة عمليتي الأولى،

نشوة لا يمكنني وصفها دون أن أبدو سادية أو سيكوباتية ولكن لنقل إنها تشبه نشوة طفل يقود دراجته لأول مرة بدون عجلات التوازن، بالطبع كان كل هذا قبل أن تغزو مستشفيات العالم حمى الجودة، التي لم تحرمني من نشوة إجراء العمليات ودخول غرفة العمليات فقط، بل سلبتني حتى قدرتي على حجز عملية دون أن يرافقني الأخصائي، ليبارك قراري ويرشّه بالماء المقدس من شهادته، لا أريد أن أنجرف في جدالي عن موضوع الجودة الذي ستدركون قريباً جداً وجهة نظري تجاهه. هواياتي كثيرة، ولكني لا أزال هائمة في هذا العالم، متخبطة لم أكتشف إلى الآن ذاتي ولا الغاية من وجودي في هذا العالم المتزايد في الرمادية، قريباً جداً سأبلغ ذلك الرقم المرعب وما زلت أعتمد بشدة على من هم حولي لأحدد مسار وجهتي يوماً بيوم، أعرف تماماً ما لا أريد لمستقبلي أن يكون، وهو بالتحديد ما أعيشه يومياً، ولكني لا أجد البديل له لذا أنجرف مع الخطط التي يرسمها لي كل من يظن أنه يعرف مصلحتي.

وصلت أخيراً إلى مواقف المستشفى الذي أعمل فيه ولكني لا أجرؤ أن أخطو خطوة إلى داخل المبنى قبل أن تصل صديقتي "د. ظبية". يظننا الجميع أختين، والبعض يلتبس بيننا ولا أخفيكم سراً أننا نستمتع بهذا اللَبس، وأحيانًا يروق لنا أن نسترسل بمزحة تبادل الأدوار، سيكون من الرائع لو كنت أمتلك شخصية مرحة واجتماعية مثل ظبية، لكني انطوائية في طور التعافي، أحاول جاهدة أن أبرز نفسي كما يطلب مني أبي دوماً، ولأفعل ذلك يجب أن أتحدث، والحديث مع الناس مهارة لم أتقنها بعد، د. خالد زميلي الأصغر يتذمر من صوتي المنخفض جداً ويخبرني دوماً أني أتحدث بلغة الدلافين، ورئيسي يظن أن علي أن أخضع لعملية فصل عن توأمتي السيامية "ظبية"، بينما كان د. رضوان يسألني إن كنت أشعر ولو ببعض الغيرة من "ظبية"، في الواقع لا يسعني أبداً أن أشعر بالغيرة، فشخصيتها مختلفة تماماً عن شخصيتي، وربما كان هذا الاختلاف سبب لانبهاري بأسلوبها وسوالفها، أحيانا يراودني شعور بأني من

المشاهير عندما أتجول في أروقة المستشفى معها، ولكني أدرك أن شعبيتي ليست إلا امتداداً لشعبية صديقتي، وفي الغالب لا يتذكرني أحد إلا بصديقة دكتورة ظبية وأحياناً يسميني البعض "الطبجة"، لا يضايقني هذا الشيء أبدًا، بل على العكس أستمتع كثيراً بالاستلهام من عفويتها وطيبتها، فأراها تارة تمازح عمال النظافة بالأوردو، وتارة تشاكس المديرة وتناديها "أبلة د. موزة" والتي تتظاهر بالغضب، ولكني أستطيع أن أستشف شبح ابتسامة لطيفة على زوايا فمها، لا يمكن أن تمر ظبية بحياتك دون أن تلمس روحك نسمة سعادة، بالطبع إلا لو كنت الحيزبونة "د. فتون"، في هذه الحالة ستسفعك نار مستعرة من الحسد كل مرة يضحك أحدهم مع "ظبية"، ولست أرى المنطق في ذلك، فبالرغم من أن فتون تصغرنا سناً، إلا أنها تمكنت على عكسنا من استكمال دراستها في الخارج، والحصول على رتبة الأخصائي، التي لم تكن كافية لها بل حفرت الصخر لتنال ترقية إلى رتبة الاستشاري، التي ما تنفك تذكرنا بها كلما سنحت لها الفرصة بذلك. الممتع في الأمر أن "ظبية" تعرف كيف تغيظها، في الواقع لا تحتاج الكثير لتفعل ذلك، مجرد وجودها يثير حنق فتون، وذلك لأن ظبية تستطيع في كل مرة كشف أخطاء فتون التشخيصية، كما أن سرعة بديهتها في بعض المواقف تحرج فتون، كانت ظبية تغني بالتغالوغ للسكرتيرة الفلبينية، لتنسيها تنمر فتون عليها، لذا عاتبتها وأنا أخرج كتبي من حقيبتي:

- "ظبية" توقفي عن استفزاز فتون..

- هي من بدأت باستفزازي.. كما أنها متنمرة حقودة حسودة، ألا ترين أنها تتبع كل خطواتي كما لو أنها لا تستطيع العيش بدوني..

- أظنك تستمعين بإحراجها.

لكزتها السكرتيرة، وقالت ساخرة:

- دكتورة أنت تحبينها جداً إنها أكسجينك.

جلست "ظبية" بجواري وقالت وهي تدخل بياناتها لجهاز الحاسب الآلي، وقالت متظاهرة بالغضب:

- أحدهم حاول استخدام جهازي مرة أخرى، أقسم لك إنها الحيزبونة.

بدأت تبحث عن رسالة ساخرة وشديدة اللهجة على محرك البحث، ثم قالت بانتصار:

- وجدتها..

" لقد وضعت كلمة السر لسبب، وهو إبقاء أنفك بعيداً عن جهازي"

طبعت الورقة وألصقتها بالقرب من شاشة الحاسب الآلي، وقالت بمكر:

- هذا سيوقفها عند حدها ويعلمها الأدب.. ما عليج منها خلها تولّي، أخبريني هل هذا حذاء جديد؟

- لقد اشتريته بالأمس، ذهبت مع شقيقتي للتسوق. أرادت شراء حقيبة جديدة وأعجبني هذا الحذاء...

هزّت رأسها ثم سألتني عن سعره وعندما أخبرتها، شهقت:

- حسبي الله على ابليسج... يا مرام.. هل أنت مجنونة؟ أنتِ تستيقظين كل صباح، تتركين فراشك المريح، تقابلين اللي يسوى واللي ما يسوى، تتحملين أناساً لا تطيقين النظر في وجوههم، وتسمعين كلاماً من هذا وذاك، لأجل هذه الدراهم، ثم تصرفينها هكذا على حذاء تدوسين به أروقة المستشفى، تنقلين به الجراثيم، متى ستشفين من مرض الماركات؟

جميع محاولاتي لإرضاء من حولي دوماً تبوء بالفشل، في التجمعات العائلية أشعر دوماً بحاجتي لأن أبدو أغنى مما أنا عليه، بينما في البيت أجدني أحاول أن أبدو متواضعة، أما في العمل يجب أن أتظاهر بأني ممسكة بزمام الأمور، وما هي إلا أقنعة ودروع أدجج بها شخصيتي الضعيفة، تمتمت بانكسار:

- كنت أشعر بالخجل.. لم أرد أن أكون أقل من الجميع..

يبدو أني أثرت شفقتها لذا قالت بنبرة تشابه كثيراً نبرة أبي:

- يا بنت الحلال.. حطي الدرهم على الدرهم، وتعالي معي إلى سوق الذهب أشتري لك سبيكة ذهب؟

- وكيف ألبس السبيكة يا ظبية..؟ أنتِ تعلمين أن نقطة ضعفي الموضة.. على الأقل أستثمر مالي فيما يسعدني، بها أكافئ نفسي على صبري على هذه الوظيفة..

هزت رأسها فهي تعلم أن كلماتها تقع على أذن صماء، فمنذ أن استلمت أول راتب لي اكتشفت إصابتي بحمى الشراء.. وذوقي المختلف لا يمكنني أن أبرره لأحد، يظنني البعض غريبة الأطوار في بعض الأحيان، فأحياناً أشتري الدمى،

وأحياناً أشتري الشعر المستعار الملون لأقلد شخصيات الرسوم اليابانية التي أتابعها بشغف مع زوجي، وأحياناً أخرى أنساق وراء حمى الماركات التي تصيب أغلب النساء في عائلتي، لربما كنت غريبة الأطوار فعلاً فجميعنا مجنون بطريقته.

عادة ما تكون بداية اليوم هادئة، حتى تلامس عقارب الساعة التاسعة عندها تبدأ الأصوات بالارتفاع، وتنطق كل الكلمات عبر الأسنان حيث يحاول الجميع التحلي برباطة الجأش، التي تنسل هاربة مع كل دقيقة تقترب من منتصف النهار، وحتى نصل إلى الثانية ظهراً يكون جميع الموظفين مستنزفين مجازياً وفعلياً، لكن في نهاية اليوم ورغم التعب والإجهاد أرى في الوجوه المتعبة لمحة رضى عن النفس أحسدهم عليها.

كانت الخطة أن أحقق حلم والدتي بأن أكون طبيبة لمدة عامين، وأجمع ما يكفي من المال لأدرس تخصصاً آخر، يعجبني ويليق بشخصيتي في عالمي الآخر، ولكن راتبي الذي تمكن من تخديري طوال هذه السنوات لم يكن كافياً لأبدأ مشروعاً جديداً، فإن توفر المال شح الوقت، وإن توفر الاثنان خذلتني الطاقة، خاصة بعد أن زاد عدد أيام المناوبات بسبب تناقص عدد الأطباء باستقالة طبيبين وتقاعد الثالث، في ثاني أكثر التخصصات طلباً في المستشفى، أقنعتني الطبيبة اللطيفة الوحيدة التي صادفتها في المستشفى بالانضمام إلى قسم جراحة التجميل، بعد أن أنهيت سنة الامتياز وسنوات التدريب الإلزامي في الجراحة العامة والطوارئ، ولأني وجدت نفسي أكثر ميلاً للتخصصات الجراحية، وبالطبع أحب كثيراً الجمال والتجميل، لم يكن الأمر بحاجة إلى الكثير من الإقناع من قبل "د. ظبية" التي أصبحت في وقت قياسي أفضل صديقة لي، بعد أن فرقتني السبل عن صديقات الكلية، اللاتي رسمت كلٌ منهن طريقها في تخصصات مختلفة ومدن مختلفة، بقيت وحيدة في بيئة عمل جديدة، وبسبب شخصيتي الانطوائية لم يكن تكوين

الصداقات ضمن المهارات التي يمكنني وضعها في سيرتي الذاتية، أحياناً كثيرة يكون التواصل البشري مجهداً لأبعد الحدود، المضحك أنني أعمل في وظيفة تعتمد بشكل أساسي وكبير على التواصل البشري الذي أهابه.

لم أكن موفقة في تكوين الصداقات منذ أن كنت في المدرسة، رغم أنني كنت أحاول كثيراً أن أكون لطيفة، حتى أنني قدمت الكثير من التنازلات حتى أُقبل في أي مجموعة صديقات، لكن تلك الصداقات كانت سطحية وسرعان ما تتبدد، إما لأنها لم تتناسب مع شروط معلماتي، خاصة وأني ابنة زميلتهن السابقة، أو لأن اهتماماتي ببساطة مختلفة عن الأخريات، أو بسبب حالتي الصحية التي كانت تستلزم بقائي في المستشفى لأيام وأسابيع في بعض الأحيان، ولأني كنت كثيرة التردد على المستشفى أقنعتني أمي بأني يجب أن أكون طبيبة، لأساعد الناس وأنال حب المرضى واحترام الجميع، وبذلك صار مستقبلي مقرراً. ولأني لم أكن أملك أدنى فكرة عن التخطيط للمستقبل، ولم أعرف أبداً كيف ترسم خرائط الطريق للوظيفة المناسبة، سمحت لأمي بأن تتولى هذه المهمة، ورغم أني لم أواجه صعوبة في دراسة الطب إلا أنني لم أكن من أوائل الدفعة، ولم أشعر يوماً بتأنيب الضمير الذي يجتاح زميلاتي قبل كل امتحان أو اختبار، وفي معظم الأوقات لا يسعني إلا أن أشعر أن بيني وبين المحيطين بي في أي بيئة كانت حاجزاً غير مرئي، أوكما لو أنني أطفو في عالم وجدت نفسي فيه صدفة، ولم يكن تغييره ضمن أولوياتي، وفي الوقت ذاته لا أشعر بالانتماء إليه، ومع الوقت أصبح الراتب الذي استلمه نهاية كل شهر هو المورفين الذي جعلني أكمل مسيري في وظيفة لم أشعر يوماً بالاكتفاء بها، ورغم معرفتي بحاجتي إلى تغييرها لكني لم أعرف يوماً ما هو البديل المناسب، لذلك وضعت خطتي على الرف إلى أجل غير مسمى، ومضت السنين وأنا أتنقل بين أحلام بحياة أفضل، وأهداف لم تكن تتجاوز كونها أهداف مبهمة على قصاصات أخفيها عن كل من هم حولي، ثم فكرت بأن خلاصي سيكون بالزواج من رجل يطلب مني أن أترك

العمل لأصبح ربة منزل، مثل إحدى زميلاتي، ولكني رفضت بلا تردد أول عريس حاول أن يلمح بأنه يرغب أن تكون زوجته أكثر التزاماً، تحدث عن ازدواجية التفكير، لم أكن أستطيع رؤية إمكانية أن أكون امرأة قوية ومستقلة، وفي الوقت ذاته ربة منزل مرتاحة؟ اكتشفت لاحقاً كم كنت مخطئة.

وهكذا انسلت السنوات من حياتي، تمضي كما تأتي، لكنها كانت ممتعة بوجود "ظبية" ولا أنكر أن شغفها بمساعدة المرضى كان معدياً، كما كان حماسها للتعلم ملهماً، ولم تكن أبداً تشبه شخصيات الأطباء المتزمتين، بل كانت تمازح الجميع، وتتعامل بسهولة مع كل من يمر بها، وشيئاً فشيئاً بدأت شخصيتي تتبلور وتتغير، حتى أصبحت مشهورة في المستشفى، وصرت أشارك "ظبية" في الفعاليات والمبادرات، وأحياناً كانت " ظبية" تدفعني لأشارك كمتحدثة في ندوات علمية لم أكن يوماً لأحلم بها، واكتسبت شجاعة في الإلقاء أمام جمهور يتجاوز العشرات، ورغم أني لم أتخلص تمام من عقدة المحتال، إلا أنني تمكنت من إخفاء ذلك بعد أن كنت أرتبك عندما أتحدث أمام ثلاثة أفراد من البشر وليس دمى محشوة، لكن تمكنت بمساعدتها من مواجهة هذا الخوف، وبلغنا ذروة المجد عندما انضم إلينا د. جسار، طبيب شاب طموح يمتلك فكراً ابتكارياً ومتجدداً، بدأ يحثنا دوماً على تنظيم ورش العمل والمحاضرات العلمية، ولم يدخر جهداً في زجنا في دائرة واسعة من المعارف والشركات الدوائية، وفتح آفاق جديدة من المجالات والخيارات أمامنا من التخصصات الفرعية للتجميل، وبعد أن كانت فكرة السفر للخارج لدراسة التخصص مستحيلة بالنسبة لي، وجدت خيارات لا حصر لها من البرامج والدورات التخصصية التي يمكنني الالتحاق بها دون حاجة للسفر، ولأن طموح د. جسار لا يعرف الحدود، كانت مشاريعه وأفكاره لا تنضب، خلق هذا النشاط نوع من الاحتكاك وبالطبع شرارة الفتنة كانت سريعة الاشتعال بين أفراد الفريق الذي انقسم بين مؤيد ومعارض لمشاريع "د. جسار".

مـــرام

يوم الثـلاثـاء

نيلي.. أخضر.. بنفسجي
دخول المريض.. اختبار الحساسية.. تثقيف صحي.. توثيق.. خطة العلاج.. خروج
هل نسيت شيئاً..؟

لست بحاجة لأنظر إلى الروزنامة الإلكترونية أو أجندتي الصغيرة لأعرف ما هو اليوم، غاضب ومزدحم منذ بدايته، إنه الثلاثاء أثقل يوم في الأسبوع على قلبي، عداوتي مع الثلاثاء بدأت منذ بدأت العمل في قسم جراحة التجميل، لذلك حتى

لو كنت في إجازة فإن مزاجي يتعكر تلقائياً كل ثلاثاء، واليوم ليس مختلفاً جداً فعيادتنا تعج بالمرضى المتبرمين والغاضبين، مرور أي شبح يرتدي اللون الأبيض في الممر يشبه عبور خط النار، ما أن يلمح المريض طبيباً حتى يتعلق بتلابيبه، حتى لو لم يكن الآخر طبيبه المعالج.

مريضي الأول كان طفلاً يبلغ من العمر سنة ونصف، مصاب بحروق من الدرجة الأولى والثانية، لم يكن صعباً عليّ تخمين السبب: "شاي ساخن"، عندما دخلت غرفة المعاينة وجدت الأم تحاول جاهدة تهدئة رضيعها، بينما تحاول عبثاً السيطرة على أشقائه، نظرت حولي وأنا أعاين مريضي الذي يتلوى وأحسب في دماغي نسبة الحروق وعمقها، لكن لم تلبث أفكاري أن تتشتت بسبب الأطفال، أربعة أطفال أكبرهم لم يتجاوز السادسة، ومما يبدو لي أن سنة تفصل بين كل طفل والذي يليه،"كلهم كتاكيت" يتقافزون في العيادة.. شقيقهم المسكين يبكي وينوح، الأب غاضب وضارب بوز.. ويطلق اتهاماته يمنة ويسرة:

- هذه نتيجة إهمالكِ.. أي نوع من الأمهات أنت؟ ليس لديك أي حس بالمسؤولية.

تساءلت باستغراب بيني وبين نفسي، وأنا أحاول أن أركز انتباهي على حروق الطفل الذي يتلوى أمامي..

" كيف تسيطر عليهم؟ في الواقع هي صغيرة بما يكفي لتكون أختهم الكبرى، ترى كم كان عمرها عندما تزوجت؟"

انتزعني صراخ الزوج من أفكاري المشتتة أصلاً.

- أنتِ لا تستحقين أن تكوني أماً..

شعرت بموجة من العار تجتاحني عوضاً عنها، ليس هناك ما هو أسوأ عندي من اتهام الأم بأنها أم سيئة أو مهملة جرح نافذ لقلب الأم، يصعب عليّ ألا آخذ الأمر على محمل شخصي، خاصة وأني أشعر دوماً بالتقصير تجاه أبنائي، وليس من الصعب اكتشاف أن هذه الأم تتحمل وحدها مسؤولية أربعة أطفال، ومما يبدو لي أن سبع البرومبة الواقف أمامي، ليس الفارس الشهم الذي صورته الروايات الرومانسية التي تقرأها زميلتي. ذكرت نفسي بأن أكون حيادية وألا اسمح لعاطفتي بأن تطلق الأحكام، نظرت إلى الأم المسكينة والدموع تملؤ مآقيها، اقتربت منها وربّتُّ على كتفها:

- لا تخافي، سيكون بخير إن شاء الله، الفضول من طبيعة الأطفال، ولا يمكن أن تغفلي عنهم لحظة واحدة، ولذلك ننصح دائماً بإبقاء المشروبات الساخنة بعيداً عن متناول الأطفال.

أرشدت الأم لتجلس على السرير، وتحضن طفلها أو ترضعه حتى يهدأ ريثما ننهي تضميده، سألتني بهمس خجول إن كان الحرق سيترك أثراً، عندها صرخ الأب معنفاً زوجته ومتجاهلاً تماماً وجودي وطاقم التمريض:

- لوكنتِ أكثر وعياً لكنتِ انتبهتِ أكثر على الولد.. ما فائدة أن تتظاهري بالاهتمام الآن بالندبات؟

تأكدت وقتها أنه لم يكن محظوظاً عندما قُسّمت الأخلاق، شعرت بالتوتر يزداد في الغرفة، هذا الرجل بدأ يضغط على كل أعصابي، لم تعد بروتوكولات التعامل

مع المراجعين تهمني كثيراً، لا بد أن ألزمه حدوده، ليس ثمة ما هو أسوأ عندي من تنمر "سي السيد"، لذا تعمدت إحراجه بالسؤال:

- أخي الكريم.. هلا أخبرتني كيف صار الحرق؟

قفز الطفل الأكبر، وقال بسرعة وكأنه يريد أن يحظى بالسبق الصحفي:

- أبي كان يشرب الشاي وهو يتابع المباراة، بينما كانت أمي مشغولة مع أختي الصغيرة، عندما سحب أخي الصغير الشاي وهو يلعب..

وبسرعة طار كف على مؤخرة رأس الصبي وارتفع صوت الأب:

- من طلب رأيك أنت؟

كم كنت أرغب في طرده، ولكني توقفت عندما نظرت إلى المرأة المهزوزة أمامي، لا أريد أن أتسبب لهذه المسكينة وأبنائها بالمزيد من المتاعب مع هذا الرجل، ومما يبدو أنهم في غنى عنها، اكتفيت بالنظر إليه باستنكار، وذكرت نفسي أن ألتزم بدوري كطبيبة ولست ناطقة بحقوق المرأة، استجمعت بقايا صبري وأخلاقي لأتمكن من تجاهله وَوجهت كلامي للأم:

- أعتقد أنه من المبكر أن نعرف إن كان سيترك ندبة.. لكن لو حدثت الندبة، لا سمح الله، لن تكون بنفس حجم المساحة المتضررة حالياً، استمري بتضميد الحرق كما سترشدك الممرضة، وحاولي تجنب تعريض المنطقة المحروقة للشمس حتى لا تترك أثراً.

انتقلت إلى غرفة المعاينة التالية، وعرفت عن نفسي كما هو مطلوب، لكن ابتسامتي لم تسعفني في تليين الخطوط العابسة على جبين مريضتي، وعبثاً حاولت نفض الغرابة وأنا أسألها:

- كيف أستطيع مساعدتك، عزيزتي؟

سألتني متبرمةً عن مواعيدنا المتأخرة، شعرت وكأنني طالبة مشاكسة تم استدعاؤها لمكتب المديرة، ذكرت نفسي بالتنفس بعمق "حافظي على هدوئك" ثم قلت ممازحة لعلي أنجح في تلطيف الجو: الكل يحب التجمل والتزين..

وفي اللحظة الأخيرة ابتلعت كلمة "مجاناً" حفاظاً على ما تبقى من كرامة المكان، وحتى لا أزيد من انفعال مريضتي الغاضبة أصلاً، حاولت أن أرسم في خيالي خطة علاج لها، لو كنت أملك حق تقرير علاجها، أو كنت في عيادتي الخاصة - وهذا حلم آخر مركون على رف التأجيل - ما علينا، لقررت أنها بحاجة شديدة لكيلو من البوتكس لإزالة تكشيرتها، ربما ستستفيد من كيلو آخر في زوايا فمها لتبتسم.. لا.. لا.. ستكون الخيوط حلاً أفضل لها ونشدها على الآخر عندها قد أتلقى بطاقة شكر من أبنائها وزوجها فيما بعد.

كانت المرأة تتحدث كثيراً، وكلامها بدى مشوشاً ومبهماً، وغير منطقي أبداً، لم أستطع التركيز وربط أفكارها رغم محاولاتي الحثيثة، ليتها تخبرني باختصار مشكلتها الطبية بالضبط، كانت تتعمد استفزازي بأن تدس بين كلمة وأخرى العلاج بالخارج "من تظن نفسها؟ لماذا تتعامل معي بكل هذا الازدراء؟ هل تظنني خادمة؟ أم أنها تظن بأني عاملة في صالون تجميل؟ أو لربما خلقت بدون ابتسامة؟"

- شوفي حبيبتي.. أنا أبداً لا أتعالج في مستشفيات حكومية، ولكن صديقاتي أخبروني بأن عملياتكم حلوة..

حاولت منع نفسي من الضحك فتظاهرت بالسعال، فمريضتنا الموقرة زبونة دائمة للمستشفى، فقد رأيتها الأسبوع الماضي في قسم الباطنية، والأسبوع الذي سبقه كانت تتعارك مع قسم التسجيل لتدخل عيادة العظام عنوة وبدون تسجيل..

- حاولي تقديم موعد إجراء العملية، ولا انتوا بس ناس وناس؟! – في إشارة للواسطة –

كم أكره هذه الكلمة.. واسطة، "فيتامين واو" بل أشبه بسرطان "واو"!! ما زلت أحاول جهدي أن أتعامل معها بلباقة وأنا أشرح لها لكن صبري بدأ ينفد:

- عزيزتي هناك ضغط كبير في المواعيد، وقائمة الانتظار طويلة، ثم أننا في هذا القسم نخدم حالات الجروح والحروق ومن ثم التجميل والترميم فالأولوية دائماً تكون للحالات الطارئة..

- قوموا بتحويل هذه الحالات لمستشفيات أخرى، نحن أولى.

- هذا لا يجوز يا أختي الفاضلة، هناك لوائح وقوانين، دعيني أفحصك و......

قاطعتني بقلة صبر، وبدأت ترغي وتزبد وهي تجمع أوراقها بغضب:

- وما الفائدة من تضييع الوقت؟ لقد أهدرتم ما يكفي من وقتي، كل هذا لتضيفي اسمي إلى قائمة الانتظار لعملية سأجريها بعد سنة من الآن، سأجريها في الخارج بفلوسي أبرك لي..

هناك الكثير من الردود التي مرت ببالي، ولكن أياً منها لم أتعلمه في بيتنا ولا في كلية الطب، لكن مريضتي أكملت بازدراء:

- ستحجزون العملية بالواسطة، وسترين ذلك.. وستجرون لي عمليتي الشهر القادم، غصباً عنكم..

* * *

عدت إلى مكتبي بعد أن استنزفت المريضة آخر أوقية من طاقتي، وانضممت إلى زملائي المتسمرين أمام حواسيبهم، عندما سمعنا صوت صياح يعلو من عيادة د. خالد، وما لبثت أن أطلت علينا الممرضة تطلب منا المساعدة في حل الخلاف:

- د. مروة هلا ساعدتنا قليلاً، المريضة تطلب أن يتم تقديم موعد عمليتها..

تساءلت إذا كان هذا أسلوب طلب أم أمر، أم بلطجة، ترى هل كانت لتطلب هكذا لو كانت في قسم آخر؟؟ ورغم كل محاولاتي أن أعزل صراخها وحوارها عن مسامعي حتى أتمكن من التركيز في تدوين ملاحظاتي، ولكني فشلت فشلاً ذريعاً، صوتها العالي يهز أرجاء العيادة:

- لا يهمني إن كانت نسبة الدم أقل من المطلوب شو يخصه؟.. دكتور احجزني للعملية ولا عليك..

- يا أختي الفاضلة أنا طبيب، ولا يمكنني أن أُعرض حياتكِ للخطر، وأنتِ كما تفضلتِ تعانين من مشاكل صحية أخرى، لا يمكنني أن أحجزكِ لعملية تجميل وأعرض حياتك للخطر بسبب انخفاض نسبة الهيموغلوبين في الدم.

- أنت احجزني وما عليك.. أنا المسؤولة عن حياتي..

خرج د. خالد من العيادة وقال وهو بالكاد يكبح سخريته:

- يا جماعة، المريضة عندها أمراض الدنيا، وما هامها شيء ودايرة تعمل تجميل، أعمل معاها شنو؟

لم أتمالك نفسي، هذا هو المضحك المبكي، يتبختر مرضانا الفاضلون، ويملون علينا كيف نتصرف كأطباء، ثم يلتهمون جلودنا ولحومنا إن حدثت المضاعفات، والباقي من الطبيب يرمى كقضية رأي عام، لتنهشه وسائل الإعلام، وتغض الطرف تماماً عن دور المريض وأهله في المشكلة..

أخبرته بما عليه أن يفعله في هذه الحالة:

- اكتب كل هذه التفاصيل والحوار الظريف في ملف الملاحظات، وافتح رابط سياسة القسم واطبع لها نسخة، ولكن توقع أن تخبرك بأنها لا تجيد الإنجليزية.. ولكن اطبعها على أي حال وأعطها إياها لتحمي نفسك..

تساءلت بداخلي: أليس من السخيف أننا يجب أن نحمي أنفسنا من المرضى؟!

* * *

مريضتي التالية سيدة أربعينية، أم لسبعة أبناء..

التشخيص: سمنة مفرطة وترغب في إجراء عملية شد بطن

كتلة الجسم: أربعون

أمراض أخرى: لا يوجد.

هذه المريضة تراجع عيادتنا منذ ثلاث سنوات وتعرف جيداً مدى صرامتنا في قوانين قبول المرضى المرشحين للعمليات..

"الطلب مرفوض بسبب عدم استيفاء الشروط"

- دكتورة والله ما أكل شيء بس وزني ما ينزل.. قوانينكم تعجيزية.. أنتم تتعمدون وضع هذه القوانين حتى نتوجه للخاص؟

في كل زيارة نجتر النقاش ذاته وأعيد الشرح ذاته، هي ترفض الالتزام بأي نظام غذائي، وأنا لا أستطيع أبداً أن أتجاوز القوانين حفاظاً على سلامتها، وقد أخبرتها للمرة المليون أن هذه القوانين وضعت حتى نضمن سلامة المرضى..

- وما الحل يا دكتورة؟ يجب أن أجرى هذه العملية، لقد هددني زوجي بالزواج من أخرى إذا لم أتصرف..

نحن النساء يجب أن نقف ضد هذا الابتزاز العاطفي الذي يمارسه بعض الأزواج"، تحولت إحدى صديقاتي إلى مهووسة بالعمليات التجميلية بعد أن

تفاجأت بخيانة زوجها واستخدام ورقة الضرة، لو قالت إنها تريد أن تجري العملية لنفسها لما غضبت لهذه الدرجة، لماذا عليها أن تعرض نفسها لمخاطر التخدير الكامل؟ وآلام الجراحة من أجل أهواء الآخرين؟ ماذا عن مضاعفات الجراحة؟

بدأت أتكلم بهدوء وأنا أشرح لها ببطء كما لو كنت أحادث طفلة صغيرة:

- حبيبتي.. اسمعيها مني: عندما يرغب الرجل بالتعدد فلن يحتاج سبباً، بل حجة، بعد العملية ستكون حجته بأن الندبة قد شوهت جسدك مهما كانت صغيرة وغير واضحة، وفي كل الأحوال سيكون الذنب ذنبك.

- لكن يا دكتورة.. ما عندي حل ثاني.. وما عندي فلوس أسوي العملية في الخارج، ساعديني الله يوفقج.

النقاش سيطول ولا أظن أننا سنتفق أبداً، وليس بيدي أي حيلة، حتى لو سجلت اسمها في جدول العمليات لإرضائها، عندها ستجد فتون الحيزبونة سبباً لتتشدق علي بالبروتوكول، وأن علي الرجوع إليها عند اتخاذ مثل هذه القرارات كونها المسؤولة، نظرت إلى قصاصة الورق التي أسجل فيها بعض المعلومات لأتذكرها عندما أكتب في ملف المريضة، بدأ الألم المزعج يحفر في صدغي الأيسر.. مجدداً..

- أستطيع تحويلك إلى عيادة جراحة السمنة، ثم تعودين لمراجعة عيادة التجميل بعد أن تنجحي في إنزال وزنك..

- وي.. وي أقص معدتي ... لا.. لا.. لا.. لا دكتورة.. لا أريد أن أبدو مثل هيكل عظمي؟

- هل تفضلين زيارة أخصائية التغذية؟

- لا.. لا.. لا يمكنني أبداً الالتزام بنظام غذائي.. اصرفي لي تلك الإبرة اللي الحريم هابّين فيها..

سألتها دون أن أرفع ناظري عن القصاصة الورقية: هل تعانين من مرض السكري؟

انتفضت مريضتي كمن نزلت عليها صاعقة..

- لا بسم الله علي.. دكتورة إنتي تتفاولين علي؟ ليش يا دكتورة؟ أنا أريد أن أخسر بعض الكيلوغرامات وأضعف وانتي تتفاولين علي بالسكري؟؟

لا يمكنني الاستمرار في هذا النقاش العقيم، في الواقع احتمال إصابتها بمرض السكري ليس بعيداً جداً ما لم تنجح في خفض وزنها، ولكن كثرة الكلام تزيد لي الصداع، صوتها حاد ومزعج يخترق طبلة أذني، ويشوش تفكيري..

- هذي الإبرة هي إنسولين لعلاج السكري.. وأنا لست مخولة لصرفها.. سامحيني عزيزتي، ولكني لا أستطيع مساعدتك حتى ينزل وزنك..

قلت هذا وتركت الغرفة مسرعة قبل أن تخبرني عن علاجٍ سحري من الإنستغرام أو التيك توك..

* * *

مريضي التالي شاب معضل في أواخر العشرين من عمره، لابد أن أكون حذرة في التعامل معه، يبدو لي أن مزاجه سريع الاشتعال، ومنظر عضلاته يثير الرهبة،

أين الممرض يا ترى؟"

كنت أشرح عن العملية وهو يتأفف غير مقتنع بأي كلمة أقولها، لأن طبيب النادي أوضح له بالضبط كل ما يحتاجه، زيارته لنا ليست أكثر من مجرد شكليات وتحصيل حاصل، وكبقية مرضاي اليوم انفجر بوجهي عندما أخبرته عن الموعد..

- دكتورة انتي تستهبلين، ولا شو؟ تريدين أن أنتظر سنة لأجري عملية تجميلية؟؟.. لا.. لا.. أنا مستعد لإجراء عمليتي اليوم؟ حتى إنني صائم.. دكتورة.. ورائي بطولة عالمية.. أنا أمثل المدينة..

- وأنا أيضاً أمثل المدينة وأقوم بعملي..

في موقف آخر كنت قد أضحك، ولكنني هنا أشعر بأني في منطقة ملغومة، أي كلمة أوحركة خاطئة قد أندم عليها كثيراً..

- أخي الفاضل، للأسف أغلب هذه العمليات تجميلية.. وقائمة الانتظار طويلة.. جداً جداً.. جداً..

وكحال جميع من سبقوه يغضب ويهدد بأنه سيأتي بواسطة تسرّع عمليته خلال شهر، كما أنه سيتقدم بشكوى ضدي لأني "مش بروفيشنال"، وفعلاً تقدم بالشكوى أنني استخدمت الهاتف لحساب كتلة الجسم.. تنفسي مرام تنفسي.. بقيت بضع سويعات حتى ينتهي هذا اليوم.

* * *

وقبل أن أنتقل لمريضتي التالية في قائمة الانتظار، وردني اتصال من فتون تطلب من معاينة جروح أحد المرضى في القسم، وعندما أخبرتها بأن عيادتي مزدحمة تذرعت بأنها ستبدأ عملية ومريضتها تحت التخدير، لذا تركت العيادة على مضض، لم أكن أرتدي الملابس المناسبة للمساعدة في تغيير ضمادات هذا المريض هذا المريض بالذات، فهو يرقد عندنا منذ أشهر عدة بسبب تسريحه من العمل بعد إصابته، الأمر الذي تسبب له بالاكتئاب، كما أنه أصبح يرفض القيام بأي من الأنشطة الحياتية البسيطة دون المساعدة، وإجراء الغيارات له يحتاج الكثير من الاستعداد النفسي والجسدي، ولكن لا يمكنني أن أتذمر، فمعضلتي تبدو ترفاً أمام ما يعانيه هذا المريض الشاب، الذي ترك بلده ليوفر لقمة العيش لأسرته، وفي لحظة أصبح عاجزاً تماماً بسبب الحريق الذي اندلع في ورشة العمل التي يعمل فيها بشكل غير قانوني، ولأنه كان المتسبب بالحريق، رفضت الشركة دفع تكاليف علاجه، كما رفضت سفارة دولته استقباله، ولا تستطيع أسرته تحمل تكاليف سفره، لذلك تولت إحدى الجمعيات الخيرية علاجه، حتى يتمكن من السفر، غسلت يدي جيداً وارتديت الملابس الواقية، غير أني امتنعت عن ارتداء الحذاء الموجود في غرفة التمريض، لأنني لم أكن متأكدةً من عدد الكائنات الحية التي تعيش فيه، وقد تعلمت درسي بأن أحضر حذائي الخاص وتعقيمه بنفسي، بعد إصابتي بعدوى فطرية في القدم بسبب مشاركة القباقب الجراحية، ولكني لم أكن مستعدة هذا اليوم، قررت الاكتفاء بالأغطية البلاستيكية ذات الاستخدام الواحد.

وكما توقعت، كان مريضنا عنيداً جداً، وقد تطلب الأمر ممرّضَين، وعاملي نظافة، وأنا، لإقناعه بتغيير الضمادات، وفي خضم المعركة التي دارت بيننا لتغيير موضع المريض شعرت بالبلل يتسلل إلى أصابع قدمي، في البداية تجاهلت الأمر وعزوته إلى التعرق بسبب الغطاء البلاستيكي، ولكن الغريب أنه البلل كان في قدمي اليمنى فقط، عندها تنبهت إلى أن المريض قرر معاقبتنا على

إزعاجه بالغيارات، سرت شحنة من الكهرباء في أوصالي، وثارت معدتي لوعة واشمئزازاً عندما أدركت نوع السائل الذي اخترق ثقباً في الغطاء البلاستيكي وبلل حذائي وقدمي، تسمرت لحظات قبل أن ينبهني أحد الممرضين لرفع ساق المريض حتى يتمكن من لف الضمادة على الجرح، يبدو أنني كنت وحدي ضحية هذا المريض، إذ لم يبدِ أي من مرافقيي أي علامات للانزعاج، شعرت بالألوان تحرق وجنتي، علي أن أتوقف عن التفكير وإلا لن أتمكن من مساعدة هذا المريض، الذي بدأت أفقد تعاطفي معه بعد فعلته الشنيعة.

كادت ظبية تسقط أرضاً من شدة الضحك عندما أخبرتها بما حدث لي، ومن يلومها كنت لأحذو حذوها لو أن ذلك حصل لفتون، كم أحقد عليها، حذائي الذي كلفني ثروة صغيرة أصبح ملطخاً بفضلات أحدهم، لا أدري ماذا سيقول المصمم العالمي لو رأى تصميمه في كيس المخلفات الطبية الأصفر تفوح منه رائحة الكحول، أشك كثيراً بأني سأتمكن يوماً من ارتدائه مجدداً، تركت غروري الجريح جانباً، وخضعت أخيراً لارتداء القبقاب الجراحي البشع، كان موقفاً لا أحسد عليه. وحتى تزداد الأمور سوءاً كانت مريضتي التالية في العيادة باربي عربية، أوما نسميه نحن أطباء جراحة التجميل "بلاستيكية"، سألتني فور دخولي غرفة المعاينة بلسان مثقل بدلال رصاصي كاد أن يصيبني بالغثيان:

- دكتورررة إنتوا شو تسون هني...؟

- تفحصت اللوحة الإرشادية في العيادة لأتأكد أني لم أخطئ المكان.. هل دخلت العيادة الخطأ أم أنها أخطأت الصالون...؟ ابتسمت وأنا أسألها بما تبقى من طاقتي على التواصل الإنساني لهذا اليوم:

- أنتِ أخبريني كيف يمكنني مساعدتك؟

- أبغي أستوي حلووو ا

نظرت إلى شفتيها وهما تستنجدان من مادة الفيلر التي تحشوهما، والحاجبين المرسومين بإتقان، وطبقات الرموش خماسية الأبعاد التي تثقل جفنيها، بينما تنزلق شيلتها كل ثلاث ثواني لتكشف عن شعر مكثف بوصلات إضافية، لا إرادياً وجدت نفسي أقارن ما أراه بانعكاس صورتي المبهدلة في المرآة، طبعات بودرة القفاز الطبي على شيلتي، مكياجي الصباحي اختفى تماماً فاضحاً هالاتي السوداء، ملابسي التي لا تتناسب أبداً مع القبقب الضخم، الذي جعلني أبدو مثل مهرج هارب من السيرك، لاحظت أنها أيضاً تتأمل برضى وغرور انعكاسها في المرآة ذاتها التي خانتني، عضضت باطن خدي حتى ألجم نبرة التهكم في صوتي وأنا أقول:

- أعتقد أنك جميلة جداً، ولست بحاجة إلى أي إضافة.. ما شاء الله

ردت عليّ بصوت رقيق يذيب الزبدة، وهي تمط كلماتها حتى شعرت أن الكلمة ستتمزق من المنتصف:

- دكتووووووورااااا الله يخلييج سوووي لي BBL..

تسابقت المفردات في ذاكرتي وأنا أبحث عن معنى ال BBL في ذاكرتي وأقاوم رغبتي الملحة في البحث عن المعنى عند العم غوغل، المشكلة في مثل هذه المواقف أن الإجراءات التجميلية التي تجرى في الخارج تختلف بشكل كبير عن الإجراءات الترميمية التي نجريها في مركزنا الصحي، والتي يمكن التحايل على شركات التأمين لتغطية تكاليفها، ولكن العمليات التجميلية البحتة التي تتطور

بسرعة خيالية لا أكاد أجاريها، امتدت يدي إلى جيب معطفي الأبيض لكنني تراجعت وأنا أذكر نفسي بالشكوى التي تلقيتها منذ قليل، ضربتان في الرأس توجع، "الدكتورة تلعب بالتليفون" وصمة عار دمغني بها بطل كمال الأجسام للتو، الرياضي المشهور يفوز دوماً..

لكن صدقاً ما هو الـ BBL اللعين؟

يااااه... تذكرت.. إحدى قريباتي سألتني عنه ذات مرة.. Brazilian Butt Lift رفع المؤخرة البرازيلي، قاطعت مريضتي الدلوعة حبل أفكاري وأظهرت هاتفها المرصع بالكريستال، تتدلى منه كرة ضخمة من الفرو تتراقص وهي تبحث في "التيك توك":

- دكتووورااا سوييلي مثل هاااذاك الدكتووور اللي ع التيك توك..

دست الشاشة في وجهي وكادت عيناي تقفزان من محجرهما، قبل أن يستعر خدي خجلاً مما نقلته لي البيكسلات الإلكترونية، وقبل أن أتمكن من كبح جماح كلماتي الساخرة اندفع قيء الكلمات:

- تريدين مني أن أصور مؤخرتك قبل وبعد؟! وأرقص مثل رعاة البقر أمام مؤخرتك وأنتِ تحت التخدير؟! ثم أعرضها على الملأ..

- لا دكتووووووورا.. هو يقوم بهذا الاستعراض فقط على مريضاته الأجانب..

ماذا عن خصوصية المرضى؟ لا أظن أنها تختلف كثيراً عند الأجانب عن العرب..

- أجانب أو عرب.. قوانين الخصوصية لا تتغير..

- بس دكتووووووورا النتائج ماله طرررر ولا غلطة..

لا جدوى من المناقشة، مهما حاولت محاورتها بالمنطق، لن أتغلب أبداً على شعبية الدكتور سنابي، لذا اعتذرت وأسرعت في إنهاء المقابلة:

- أنا آسفة عزيزتي.. ولكن مثل هذه العمليات تحتاج إلى إمكانيات لا تتوفر في مركزنا..

* * *

يحل منتصف النهار وتندلع المعارك عند مكتب التسجيل، لا يكفي أن يدير العيادة المزدحمة أربعة أطباء وثلاث ممرضات، منسوب الكافيين في دماغي قد انحسر كثيراً، كما هو الحال بالنسبة لتركيزي، معدتي بدأت بالاحتجاج وهي تهدد بأن تفضحني أمام أول شخص يمر أمامي، وبالطبع لم يكن سوى رئيس القسم شاهداً على تمرد معدتي، كان لبقاً بما يكفي ليتظاهر بأنه لم ينتبه لصوت معدتي، وسألني موبخاً "لماذا تبدو العيادة مثل سوق السمك؟"

شددت معطفي عبثاً حول معدتي لأسكتها، وتمتمت في محاولة فاشلة للتبرير بأن هذا هو حالنا دوماً، لكنه بالطبع لم يقتنع بكلامي، وأحرجني برده:

- هذا لأنكم لا تجيدون إدارة المكان، عليكم أن تطلبوا من المرضى الانتظار في غرف المعاينة، لا أريد أن أرى أحداً في الممر، أطلب منهم هذا بلباقة ولكن بحزم.

وليثبت لي وجهة نظره، توجه إلى المرضى يحادثهم بلطف، وإذا بي أرى الوجوه العابسة تلين تدريجياً، ولم أصدق ناظري عندما رأيت الابتسامات تنتشر، وجموع المرضى تتوجه برضى إلى غرفة الانتظار، يتمتع رئيسي بشخصية ساحرة ولن أنسى طبعاً تأثير وسامته على المرضى وغالبيتهم من النساء.

يعم السلام للحظات وما أن يغادر رئيس القسم، حتى تعود الفوضى لتطغى على المكان، هكذا يمر اليوم في العيادة، جميع من في المستشفى يظن أن أطباء قسم التجميل مرتاحين و"مستانسين"، قد تشعرون أنني ساخرة ونزقة، ولكن لا تسيئوا فهمي، فأنا أحب عملي، أوإن أردت أن أكون صادقة تماماً تعلمت أن أتعايش مع عملي، بالطبع سأكون أكثر سعادة لو كانت وظيفتي لا تتضمن التعامل مع البشر، وبدخل أفضل بكثير مما أحصل عليه الآن.

أكثر ما يثير غضبي هو قدرة البشر على التلاعب والخداع، الذي يمارسه بعض المرضى للوصول لما يريدونه بالالتفاف حول القانون.. هذا غير الأعمال المكتبية الكثيرة التي لا يمكنني أن أفهم نصف الهدف المرجو منها.. مثل هذا..

* أخضر.. Patient Seen

* بنفسجي.. Check Out

* نيلي.. أخضر.. بنفسجي.. برتقالي..

دخول المريض.. اختبار الحساسية.. تثقيف صحي.. توثيق.. خطة العلاج.. خروج

كل هذه البيانات والمعلومات جميلة، ولا يختلف طبيبان على أهميتها، ولكن القيود الغريبة التي تحيط بها، وتحدها بقواعد قد تبدو منطقية جداً بالنسبة لتقني معلومات يتعامل مع أجهزة الحاسب الآلي، حيث يستطيع التحكم بالوقت والدقائق التي يستلزمها الإجراء، ولكنها تفقد كل منطقيتها عندما تُطبق على أرض الواقع، عندما تأتي المريضة مستعجلة لأن عليها أن تلحق بموعد آخر، أو عندما يضطر أهل المريض المُقعد انتظار سيارة الإسعاف لتنقله من منطقة سكنه في قرية نائية ليصل متأخراً إلى موعده المثبت في النظام الجامد. في المواقف الإنسانية لا يمكنني أن أتعامل بلغة الأرقام والبيانات الثابتة، ناهيك عن الساعات التي أمضيها في تفحص البيانات المتراقصة أمامي على السجل الطبي الإلكتروني دون أن أجد ضالتي، لكل كل زيارة أجد عدة ملفات مسجلة، ولكن أحدها لا يمنحني المعلومات التي أحتاجها..

التثقيف الصحي جميل.. لكنه باللغة الإنجليزية.. والقليل من مرضانا يتقنون الإنجليزية الطبية..

أين الخطة العلاجية التي أحتاج أن أعرفها أنا كطبيبة؟ ليست بين كم الملفات عديمة النفع..

كل ما أراه جداول معبأة أوتوماتيكياً لا تفيدني فيما أبحث عنه، "اللعنة" أصابعي تضرب لوحة المفاتيح بغضب وينطلق لساني بالشتائم، بينما يسخر زميلي د. خالد ويقول ممازحاً " هوويوو سينباي ايش بيك؟"

أشير بغضب إلى الجهاز..

- اعذروا فرنسيتي، ولكن هذا البرنامج معتوه وغير مجدي، الكثير من البيانات التي لا تفيد ولا أحتاجها..

أشار إلى أذنيه، وهو يضحك:

- ولا كأنني سمعت شيئاً.. لم لا تخرجي قليلاً للحديقة، يبدو لي أنك بحاجة للهواء النقي..

بالفعل أنا بحاجة لبعض الهواء المنعش، وسرعان ما تذكرت أن حديقتنا في هذا الوقت تعج بالمدخنين من المرضى والموظفين على حد سواء:

- أي نفس يا د. خالد الله يهديك.. حديقتنا صارت مركز المدخنين.

- ماشي يا ستي خودي لك نفس معهم جايز مزاجك يتعدل..

بالطبع هو لا يعني أن أدخن معهم، ولكني اتبعت نصيحته وخرجت قليلاً في زاوية صغيرة يجتمع فيها مدخنو المستشفى من مختلف الدرجات الوظيفية، بعضهم يدخن بصمت والبعض يأتي هنا برفقة شريك "يدردش "معه بينما "يأخذ له نفسين يعدلوا مزاجه" كما قال د. خالد، أما أنا فرائحة الدخان تسافر بي بعيداً، فأجدها تنقلني إلى مطار دوسلدورف بانتظار السيارة التي ستقلنا إلى قرية صغيرة بين السهول الأوروبية، أو أجدني على متن الباخرة البطيئة التي ستنقلنا من إسطنبول إلى يلوا أو بورصا.. المضحك في الأمر أنني في طفولتي كنت أكره هذه الرحلات، واليوم ها أنا هنا أحن إلى تلك اللحظات الخالية من المنغصات والمسؤوليات، حيث كان أقصى ما يقلقني إن كان والدي سيأخذنا إلى السوق أم مدينة الملاهي؟ لم أعد أذكر

متى كانت آخر مرة سافرت فيها؟ أو متى شعرت فعلاً بالاسترخاء والراحة، ورغم أني أتحجج بنقص الإجازات وصعوبة السفر مع الأطفال، إلا أن الحقيقة الواضحة والجلية هي أنني لا أجني ما يكفي من المال لهذه الرفاهيات، فراتبي بالكاد يكفيني حتى نهاية الشهر، وليس من العدل أن أجرّ زوجي لمثل هذه الدوامة من المقارنات، ففي كل مرة أحاول أن أقارن نفسي بشقيقاتي أشعر فيها بالإحباط.

كنت ممتنة للممرضة التي ظهرت لتناديني وإلا جرفتني أفكاري إلى حساباتي العاجزة..

كانت المريضة التي "تدبست" فيها وهي تحاول الدخول إلى العيادة عنوة بنظام البلطجة، وتتعارك مع مراسل العيادة الآسيوي النحيل.. أخذتها إلى جانب الممر خارج العيادة، وسألتها إن كان بإمكاني مساعدتها، يداها تطير يمنة ويسرة والشرر يتطاير من عينيها، وهي ترغي وتزبد:

- دكتورة كيف توظفون هندياً ليمنعنا من الدخول؟

تجاهلت السموم العنصرية التي تنفثها في وجهي، وأخبرتها بأنه موظف يؤدي واجبه، ولا داعي للتعامل معه بهذا الأسلوب، لكنها تجاهلتني وقالت:

- من يكون هو ليمنعني من الدخول.. أقسم إني سأضربه ولن يمنعني من ذلك أحد صفعة أخرى في وجه الأخلاق.

صررت بقوة على أسناني، وقلت لها بكل الهدوء الذي بالكاد استجمعته:

- الاعتداء على موظف وهو على رأس عمله يعتبر جريمة يحاسب عليها القانون..

لم أتمكن من تغيير رأيها ولم تهتز منها شعرة، لكني على الأقل نجحت في تغيير أسلوبها:

- أريد الدخول على الطبيب بدون موعد، جرحي ملتهب؟؟

أتذكر جيداً أني رأيتها الأسبوع الماضي وأتذكر بوضوح أن جرحها كان قد التأم تماماً، ومن الجيد أني تلقيت تحديثاً كاملاً عن وضعها من قبل د. مروة التي تحتفظ بمعلومات كاملة عن معظم المرضى الذين يجرون عمليات جراحية عندنا..

- جرحك نظيف وملتئم حمداً لله، لقد عاينتك منذ عدة أيام ولا داعي للقلق، ولا تحتاجين إلى أي شيء..

أوكد لكم أن الأمر لا يتعلق بالجرح، ولكن من واقع خبرتي أعرف أن المريضة تريد شيئاً آخر، أراهنكم بالنصف المتبقي من راتبي أن الموضوع يتعلق بـ... "تمديد الإجازة المرضية"

- طيب دكتورة إجازتي خلصت.. ودوامي صعب.. أخاف يلتهب الجرح.. مددي لي الإجازة دون أن تذكري العملية التجميلية؟

ها.. ها.. أخبرتكم بذلك، لا أريد أن أتذمر أو أتعامل بازدراء مع المرضى، ولكنني حفظت عن ظهر قلب متطلبات مرضى الجمال، وهؤلاء يختلفون تماماً عن

مرضى الحروق والجروح الذين أجد التعامل معهم أسهل بكثير، كما أنني أتعاطف معهم بشكل كبير، للألم دور كبير في تهذيب النفوس، أما في حالة مرضى الجمال يكون الأمر مختلفاً، أنا لا أعارض أبداً رغبة البعض بالتجميل، شريطة ألا يتحول الأمر إلى هوس بالخارج بينما تترك الأخلاق لتتعفن، صحيح أن المريض دوماً على حق ولكن هذا ليس مبرراً أبدا للتعامل بفظاظة مع الأطباء أوالموظفين، وبالطبع تجاوز كل القوانين لنيل مطالبهم دون مراعاة لاحتياجات المرضى الآخرين، فالجميع يطالب بتقديم الموعد، وبعد الموعد تأتي العملية، بعد العملية تأتي الإجازة المرضية، وبعد الإجازة يأتي تمديد الإجازة، ثم التقرير الطبي لتصديقها، أو العملية التالية، ولا يمانع هؤلاء بالضغط على الطبيب لثني القواعد وتزييف "بعض" الحقائق غير المهمة في نظرهم، مثل اسم العملية وبعض التواريخ لتتماشى مع رغباتهم، وليس مهماً أبداً ما يمكن أن يتعرض له الطبيب من مساءلة قانونية بعد ذلك، فالأطباء هنا لخدمة المرضى، أخفيت تهكمي وحافظت على التعامل برسمية معها، وشرحت لها:

- الإجازة تطبع بالتشخيص الموجود في النظام الإلكتروني، ولا أملك أن أغير التشخيص، واسمحي لي هناك العديد من المرضى بالانتظار.

لكنها استوقفتني قبل أن أدخل، وتمكنت هذه المرة من أن تبتسم، إن جاز لي القول إنها ابتسامة صفراء؟ في الواقع نعم.. هذا جانبي من القصة وأستطيع قول ما أشاء، لقد كانت ابتسامتها بكل تأكيد صفراء ومصطنعة، ومال مصلحة، وقد أشارت دونما أقل خجل إلى صدرها، وقالت: "شوفي صدري ما يباله تكبير؟"

ألم أخبركم؟! من ضمن الخبرات والكفاءات التي طورتها من خلال عملي في قسم التجميل، كانت خبرتي الواسعة في شخصيات الـ "مال بلاش كثر منه".

قلت لها بهدوء وأنا أحاول أن أتملص من براثن طلباتها التي لا تنتهي:

- آسفة غاليتي هذه العمليات تعتبر تجميلية بحتة وليست من ضمن العمليات التي نجريها في مركزنا، كما أنك لم تكملي شهراً على عملية البطن، لا أستطيع إدخالك بدون موعد، خاصة أن العيادة مزدحمة.

وبالطبع لم يعجبها كلامي؛ فانطلق لسانها بالسباب والشتائم "مب من زين مركزكم.. عاد اللي يسمع يطيح واقف.."

اكتفيت بهز رأسي وهمست: "عومة.. مأكولة ومذمومة"

لم تمض أيام على احتفالنا بعام التسامح والمساواة، ولكن للأسف يظهر بعض المرضى عنصرية منقطعة النظير سواءً تجاه طبيب أو موظف استقبال أو عامل، وبينما كنا منغمسين بتدوين البيانات في حواسيبنا دخلت موظفة الاستقبال وكانت تبدو متجهمة، أزعجها كثيراً أسلوب إحدى المراجعات:

- دكاترة.. من منكم يستطيع معاينة الطفل "سعيد".. والدته تقول بأنها لا تريد د. مروة ولا الدكتور الأسود

توقف كل منا عن الكتابة وتوجهت الأنظار إلى د. خالد الذي توقف هو أيضاً عن الكتابة ونظر إلى الموظفة للحظة قبل أن يسأل باستنكار، إن كان العلاج بالألوان من ضمن قوانين المستشفى، هزت الموظفة رأسها وقالت بحيرة:

- والله لا أدري، هذه المراجعة صعبة جداً، وتعيد وتزيد كلامها أمام باقي المرضى والمراجعين، ولا أستطيع التعامل معها لأن أسلوبها فظ..

صمت رهيب ألقى بظلاله علينا، لو سقط دبوس في المكتب لتمكنا من سماعه،، كلنا ممزق بين مراعاتنا لمشاعر زميلنا وواجبنا تجاه المريض، الموقف مزعج وشائك، يقال بأن صاحب الحاجة لحوح، ولكن هل الحاجة تعطي الناس الحق بالتصرف بسوء مع مقدمي الخدمة؟ أخيراً تكلمت د. مروة، وكانت أكبرنا في سنوات الخبرة ويعتبرها الجميع حكيمة القسم.

- ليس من العدل أن نظلم الطفل بخطيئة وجهل الأم، أرجو منكم أن تقبلوا تسجيل الطفل في عيادة أحد منكم، وترك كل هذا الحوار خارج غرفة المعاينة، وأرجوكم تذكروا أمرا واحداً فقط: هو أن المريض طفل، وجميعنا أمهات وآباء هنا، فلننسَ الغضب ونتذكر واجبنا.

قبلت ظبية معاينة المريض وقامت بعلاجه كما يجب، بينما خرج د. خالد ليدخن عدة سيجارات، قبل أن يعود إلى جهازه ويبدأ كتابة تقاريره الطبية، أنا وظبية جلسنا في استراحة الأطباء نتناقش في الموقف السخيف الذي حصل، عندما دخل د. رضوان وبدأ يستفسر عن الأمر، وعندما علم بالموضوع استشاط غضباً فجأة، لم أستطع فعلاً تفسير غضبه فهو لم يهتم يوماً لمشاعر د. خالد..

- لا.. لا.. لا هذا زميلنا ونحن عائلة واحدة، هذا موقف لا يجب السكوت عنه، هذي مسخرة.. أنا سأتصل بمدير المستشفى وأقدم شكوى.. متى يتعلم الناس أن للطبيب احترامه؟

البعض منا يحب الحركات البطولية وسالفة دق الصدر، بغض النظر عن رأي الطرف الآخر، وبدون أن يعرف بالضبط ما حدث؛ المهم أن يقوم بعمل بطولي، عن نفسي لم أكن أريد أن أكون جزءاً من هذه المسرحية التي لم أستطع أن أفهم سببها مطلقاً، لذا استأذنت وعدت إلى مكتبي ترافقني ظبية، وما هي إلا

لحظات حتى دخلت موظفة الاستقبال والدمعة تلعب في عينها، وبانكسار تعتذر من د. خالد، الذي لم يفهم سبب اعتذار موظفة الاستقبال، وسألها:

- وانتي مالك.. ليه تعتذري؟ أنت لم تخطئي بشيء.. الموضوع سخيف..

- مديرة تنظيم العيادات اتصلت بي وعنفتني، وأخبرتني بأنكم تقدمتم بشكوى ضدي؟

فقد د. خالد سيطرته على غضبه، ووجه كلامه لنا جميعاً..

- مين اللي اشتكى؟ يا جماعة إيش شغل العيال ذا؟ ما في أي داعي من الحركة البايخة دي..

رمي ورقته وانطلق خارجاً من المكتب، وقبل أن يغادر التفت إلى الموظفة وقال:

- انتي مالك دخل تعتذري عن أخطاء غيرك.. مفهوم.

أنا وظبية تبادلنا النظرات عندما دخل د. رضوان، وأعلن أنه لا يسمح ولن يسمح لأحد من قسمه بأن يتعرض للإهانة، كان هذا كلام جميل، ولكن بطلنا الشهم غفل عن مشكلة واحدة: الشكوى التي تقدمت بها كانت ضد الشخص الخاطئ، وإلى اليوم أنا أتساءل عن الهدف مما فعله د. رضوان..

* * *

ظبـية

قائــمة المــهام

أشعر بألم في حلقي، الجو في غرفتي إما حار جداً أو بارد جداً، لا يمكنني الجزم فالوقت مبكر جداً على ساعتي البيولوجية، ولا وقت لدي للتعرف على حالة الطقس عليّ النهوض الآن، إنها الساعة الثالثة فجراً، هناك الكثير مما يجب أن أفعله، قبل أن يصحو سعود وفارس، تأخرت البارحة في النوم حتى أنهيت مع فارس التدريب على المسائل الرياضية، جيد أنني أيضاً جهزت ملابسي وملابس الولدين للمدرسة بالأمس، منذ أن غادرت الخادمة وأنا أتحمل أعباء المنزل، بعد أن رفضت أمي استقدام خادمة جديدة قبل أن نعود من رحلة

العمرة، التي تخطط لها في إجازة المدارس بعد شهر، الفراش دافئ ولذيذ وشيطان النوم يراودني للبقاء في الفراش، ولكني حثثت نفسي على النهوض "لا تتكاسلي يا ظبية".

توجهت في الظلام للمطبخ الخارجي، أتلفت يمنة ويسرة، حتى القطط اختفت من الحوش، بدأت بإعداد طعام الغداء وطعام الفطور، ولم أنسَ إعداد وجبات المدرسة "قطع الدجاج والجبنة والموز لفارس.. ولكن ماذا طلب سعود...؟ لا يمكنني أن أتذكر ماذا طلب، لقد بدأ حمية غذائية جديدة حتى يتخلص من حب الشباب الذي هاجمه بشراسة منذ دخل سن المراهقة الخطير.

وضعت طعام الغداء في الثلاجة، حتى يتسنى لنا تسخينه بعد أن أعود من المستشفى، وبسرعة اغتسلت وصليت الفجر، قبل أن أتوجه لغرفة الأولاد لأوقظهم، وكعادته قابلني فارس بالتذمر:

- ظبية أنت توقظينني لأدرس ثم تغضبين مني.. أنتِ تبحثين عن سبب لإزعاجي

أنا أبحث عن سبب لإزعاجه؟

من أين يأتي الأطفال بهذه الأفكار الغريبة، ثم لماذا لا يناديني أمي؟ لا وقت لدي للعب دور القطة والفأر، لا بد أن ألجأ إلى خطتي البديلة، أزحت عنه البطانية، وبدأت أهزه ليستفيق:

- هيا يا فارس سنتأخر على المدرسة، لا أريد أن يتخلف سعود عن موعد الامتحان..

تركته أخيراً عندما تأكدت بأنه لن يعود للنوم مجدداً، تمتمت خارجة من الغرفة "طالع سبال مثل ناس أعرفهم.."

دماغي يعج بالواجبات والمهام التي تنتظرني، سيارتي بحاجة إلى الصيانة الدورية، لا أدري متى يجب أن أدخلها الورشة؟ عندما اشترتها والدتي وصلني خبر قبولي في البعثة إلى أوروبا للتخصص، وبقيت السيارة الكبيرة متوقفة لمدة عامين دون أن يستخدمها أحد، والآن استهلكتها حتى تكاد تتهاوى، فارس يحبها كثيراً ويسميها "ماري غولد"، بكى كثيراً عندما اصطدمت بها سيارة أخرى عند الإشارة، اليوم هذه السيارة العجوز هي بيتي المتحرك، على كل مقعد وضعت وسادة وبطانية وقنينة ماء "خدمة سياحية"، مستحضرات التجميل والعطور منتشرة في المقعد الأمامي وجيب الباب، كل أوراقي تقبع في صندوقين من الكرتون في صندوق السيارة، كل رسالة، كانت ذات فائدة عندما طلبت للتحقيق بتهمة الانقطاع عن العمل بعد أن عدت من أوروبا، لا يمكنني أنسى ذلك الكابوس الذي عشته على مدى أشهر، بعد أن أخبرتني مسؤولة الموارد البشرية بالإجراءات التي يجب أن تتخذ في حقي عقاباً على جريمتي النكراء، ما زالت كلماتها الباردة تجمد الدم في عروقي كلما تذكرتها، وأتساءل كيف أمكنها أن تخبرني بإنهاء خدماتي وكأنها كانت تحاورني في حالة الطقس:

- أنتِ منقطعة عن العمل لأكثر من تسعة عشر يوم بعد عودتك من أوروبا.. يفترض بنا أن ننهي خدماتك..

في البداية ظننت أنها تمزح، وهي لا تدرك أن مزاحها ثقيل، وعندما أكدت لي أنها جادة دخلت في حالة من الذهول، تركت زمام الأمور بيد مرام لتتحاور معها بدل عني، كانت تسأل بالنيابة عني، وتجادل نيابة عني، لأن العالم كله تحول إلى عالم موازٍ للعالم الذي أعيش فيه، إذا فقدت وظيفتي كيف سأعيل أبنائي وأمي،

تداخلت كل الألوان والصور في نظري، سافرت للدراسة وعدت خالية الوفاض قبل أن أتمكن من الدراسة، بسبب تدهور حالة زوجي الصحية، الذي ما لبث أن فارق الحياة بعد عودتي بأشهر قليلة.

كانت مرام تجرجرني في مكاتب الإدارة التي أصبح موظفوها عدائيين بشكل مفاجئ، لم أعرف حقاً إن كانت الأرض رخوة تحت قدمي أم أن ركبتيّ تحولتا إلى هلام، كان الجميع يتناقشون ويتباحثون في بعد آخر من الغرفة الضيقة بينما أخذتني ذاكرتي إلى أوروبا.

* * *

مـــرام

---

* أخضر.. Patient Seen
* بنفسجي.. Check Out

يرن جوالي قاطعاً حبل أفكاري المتشابك، لتسألني الممرضة عن مريض يريد إجراء عملية شد للأفخاذ، ولا يملك رسوم العملية، وما إذا كان بالإمكان احتسابها على أساس أنها عملية طارئة..

- "هلا أخبرني أحدكم كيف يمكن لعملية شد أفخاذ أن تكون طارئة؟"

يبدأ وريد صغير بالنبض في منتصف جبهتي، شبه ورثته من والدتي التي طالما شاكستها بالسخرية منه عندما تغضب، وها أنا أجده يفضحني كلما غضبت أو ضحكت بشدة، ومؤخراً أصبحت الأمور التي تغضبني أكثر بكثير مما يضحكني، سمعت صوت ممرضة التسجيل عبر سماعتي اللاسلكية وامتعضت من أنها أوقفت الموسيقى التي كنت أرجو أن تخفف من وطأة التوتر بسبب هذا اليوم الطويل، وأردت أن أنهي المكالمة بسرعة حتى أعود للموسيقى العلاجية، لذا انطلق لساني بالإجابة بالسرعة التي كانت أصابعي تنقر على أزرار الحاسوب:

- أخبريني عزيزتي، إذا لم تجرِ عملية شد الأفخاذ لمريضك هل سيصاب بعاهة مستديمة؟ أو هل يمكن أن يؤدي الجلد المترهل الذي يعاني منه مريضكِ للوفاة، لا سمح الله؟ إذاً.. الإجابة هي لا.. طبعاً لا.. بكل تأكيد لا.. لا يمكن أن تكون طارئة، ودعيني أجيبك قبل أن تسأليني سؤالك التالي.. أيضاً لا نستطيع تحويله إلى الجمعيات الخيرية لأنها عملية تجميلية.. وكذلك التأمين لا يغطي تكاليف العملية، نصيحتي دعيه يتعايش مع جلده المترهل..

* * *

أحاول مجدداً أن أركز في مهامي المكتبية، وترجمة بيانات المريض إلى نصوص أغذيها لنظام البيانات الشره، وفي غمرة انشغالي بإطعام وحشي الإلكتروني الجائع، شعرت بظل يقف خلفي متربصاً، سرعان ما بدأ الظل بالحديث، إنها ممرضتنا العجوز، جاءت لتطلب مني تسجيل دخول مريضتي التالية، نظرت إلى شاشة حاسبي الآلي لأجد اسم مريضتي لا يزال مدموغاً باللون النيلي أي أنها ما تزال غير مسجلة، أتجاهل الممرضة رغم محبتي لها، وأستمر في كتابة ملاحظاتي كما لو أن حياتي تعتمد على الحروف التي أطبعها، لا يمكنني فتح ملف

مريض قبل أن أغلق ملف المريض الأول وهي على علم بهذا النظام، ولكنها أيضاً ترزح تحت الضغط، تركتني لبضع دقائق ثم عادت مجدداً لتزعجني بإلحاحها المستمر:

- دكتورة، المريضة تنتظر، سجلي حضورها..

لم أقصد أن أغضب منها، ولكن أعصابي كانت مشدودة بما يكفي دون إلحاحها، دقيقة واحدة لن تكسر نظام المجرة، ولكن إغلاق الملف الإلكتروني اللعين سيكلفني جهدي وما تبقى من أعصابي:

- لن أغلق ملف المريض قبل أن أنهي تسجيل ملاحظاتي وإلا ضاع كل عملي، رجاءً دعوني أنهي كتابة هذا الملف اللعين، وتأكدوا إذا كانت المريضة مسجلة فعلاً.

* أخضر.. Patient Seen
* بنفسجي.. Check Out

كنت لا أزال أدون ملاحظاتي عندما دخلت ظبية المكتب وهي في حالة من الصدمة..

- مرام لن تصدقي الحالة التي عاينتها.. أقسم لك يا مرام أن ما رأيته شيء يفوق الأفلام..

تجاهلت ظبية وبدأت أعدد النقاط بصوت عالي وأنا أشير إلى الشاشة:
* دخول المريض

* اختبار الحساسية
* تثقيف صحي
* توثيق
*خطة العلاج
* خروج

هزت ظبية كتفي بإلحاح: مرام أنا أتحدث إليك..

- سامحيني يا ظبية، ولكني أخشى أن أنسى شيئاً وتلاحقني لعنة بيروقراطية موظفي الجودة، أنتِ تعرفين جيداً ماذا سيحدث لو وصل الأمر للمديرة، لست على الاستعداد لأنال التوبيخ من د. موزة بسبب نقص البيانات..

انتظرت ظبية بضع دقائق حتى أنهيت الكتابة ثم قالت لي:

- عندي مريضة أريد أن أساعدها، ولكن لا أعرف كيف.. مرام سينفطر قلبك عليها إن سمعتِ قصتها..

أخيراً تمكنت ظبية من أن تستحوذ على انتباهي وسألتها عن مشكلة مريضتها، فأخبرتني باختصار:

- كانت مريضتي تتريض في الحديقة، عندما هجم عليها رجل غريب، لا أدرى إن كان يعاني من مشكلة نفسية، أوأنه تحت تأثير مادة مهلوسة، لكنه انقض عليها وعضّ خدها أمام الناس، المصيبة أن أحداً لم يتدخل لمساعدتها.. والمسكينة تعاني الآن من جرح عميق في خدها.. ونفسيتها

متأثرة جداً..

بصراحة أجد صعوبة في تصديق كل القصص التي يرويها المرضى، خاصة أن البعض منها يكون مسترسلاً في الخيال، لذا قلت بريبة:

- "ظبية" السالفة ما تدخل المخ.. كيف هجم عليها وعضها أمام الناس؟ لا يمكن أن أصدق الأمر.. السالفة فيها "إن".. هل قرأتِ تقرير للشرطة؟

بدأت ظبية تكتب في سجلها الطبي وتعدد مهامها الإلكترونية كما فعلت أنا قبلها، ثم قالت دون أن تزيح نظرها عن الشاشة الزرقاء:

- صدقيني يا مرام، المريضة متأثرة جداً.. هل تعتقدين أن علينا تحويلها لعيادة الطب النفسي؟ لقد رفضت أن أعاين جرحها أمام ابنها..

جاوبتها وأنا أحذو حذوها بالتسمر أمام شاشتي الزرقاء، والنقر على الأزرار:

- سيكون من الأفضل تحويلها للمعاينة النفسية.. ولكن لا تنسي معالجتها بمضاد حيوي.. اسألي الاستشاري أو د. مروة.. لربما احتاجت تطعيماً.. قد يكون المعتدي مصاباً بنوع من الفيروسات..

كانت ظبية محقة فقد تأثرت جداً بوضع المريضة التي استمرت في التردد على عيادتنا لمدة شهر حتى التئم جرحها، لكن غياراتنا المتطورة التي تمكنت من علاج ندبة وجهها وقفت عاجزة عن علاج ندبة أخرى في نفسها..

* * *

ظبية

غربة 2013

حدث كل شيء سريعاً بعدما ظهرت الموافقة غير المتوقعة على إجازتي الدراسية؛ كنت لا أزال في إجازة الأمومة عندما سافرت، تركت فارس الرضيع مع والدتي لأن زوجي مريض، وبالكاد يعتني بنفسه دون مساعدة، لكنه أصر أن هذه فرصة لا يمكن أن تتكرر، وتمكن أخيراً من إقناعي بالسفر، باشرت بدراسة اللغة ما أن وصلت ريثما تصلني الموافقة على البعثة الدراسية، وحيث أنني بدأت الدراسة منذ أن قررت التخصص، كان سهلاً علي اجتياز الاختبار في وقت قياسي، بعدها جاء القرار بتعلم المصطلحات الطبية واستطعت اجتياز هذا

الآخر بسهولة، ثم جاء القرار اللعين بالدفع بسبب ذلك المبتعث الأرعن الذي ظن بأنه سيؤدب الأجانب على غرورهم، ما أن ضمن شهادة التخصص حتى رفع قضية على المستشفيات الأوروبية لعدم تقديمهم رواتب للمبتعثين، بقيت أشهراً عدة أتنقل بين ولايات عدة بحثاً عن فرصة للدراسة، ولم أترك وسيلة للتواصل مع رفاقي المبتعثين من الدول المجاورة إلا واستخدمتها، حتى اتصل بي مسؤول الطلبة ذات يوم وأنا في المعهد، وأبلغني أنه دبر موعداً لمقابلة بروفيسور في مدينة أخرى خلال يومين، لم يكن معي الكثير من المال لأشتري تذكرة القطار، ذلك الوقت كان راتبي يتبدد بين رسوم مدرسة سعود والمعهد والشقة التي أسكنها، لأن الموافقة لم تشمل تكاليف دراسة اللغة، كنت لا أزال أفكر بمسألة تكاليف الرحلة عندما اتصل بي زوجي، حاولت جاهدة أن أخفي التوتر في صوتي، وأنا أساله عن وضعه الصحي والولدين، تردد قليلاً قبل أن يدخل في صلب الموضوع ويطلب مني المال..

المال مجدداً.. لماذا لا تنفك الالتزامات المالية تتهاوى على رأسي؟!

لم يكن ردي مناسباً عندما بدأت بالتبرم عبر الأثير:

- كيف لي أن أساعدك وأنا هنا في أوروبا؟ أنت تعرف غلاء المعيشة هنا، كما أن علي السفر لولاية أخرى غداً لمقابلة بروفيسور هناك، أنا أكثر حاجة للمال هنا؟ من أين آتي لك بالمال؟ راتبي بالكاد يكفي رسوم مدرسة سعود ومعهد اللغة وإيجار الشقة..

لم أقصد أن أخبره بكل هذه الأمور، فموضوع المال بات حساساً جداً بعد مرضه وانقطاعه عن العمل؛ ولكني أيضا أرزح تحت الكثير من الضغط بسبب وضعي المتأرجح وغربتي ووحدتي، ولا أجد حلاً لهذا المعضلة المالية، كان

صمته أثقل بكثير على قلبي من كل أعبائي المالية، لذا تراجعت بهدوء:

- أنا آسفة لم أقصد أن أزعجك بمشاكلي.. دعني أفكر بحل..

جلست للحظات على حافة النافورة أراقب سرباً من الحمام، اقتربت مني حمامة عرجاء وهي تبحث عن فتات الخبز حول المارة وبين طاولات المقاهي، معدتي تصدر أصواتاً، لم أفطر هذا الصباح، ولا أذكر إن كنت قد تناولت العشاء أمس، بحثت في حقيبتي فوجدت علبة بسكويت فتحتها تناولت واحدة وبدأت بتكسير الثانية للحمام، لم يتعارك الحمام على فتات البسكويت، فكرت.. لو لم أشاركهم هذا الفتات؟ لا بد أن يجدوا الطعام في مكان آخر، جلست بالقرب مني مجموعة من طلاب الثانوية يتحادثون بينهم عن المصروف، لم أقصد التطفل أواستراق السمع، كل ما أردته هو أن أختبر لغتي.

كانوا يتحدثون بسرعة، ذكر أحدهم "مصروف الطالب".. كيف نسيت أمر "مصروف الطالب"؟ نعم هذا هو الحل..

"مصروف الطالب" هو حساب إلزامي لكل طالب مبتعث إلى أوروبا، يسمى تأمين الطالب في أوروبا، ثمانية آلاف يورو حداً أدنى ويسمح للطالب السحب منه مره واحدة في الشهر، رفعت ناظري للسماء وشكرت الله، لملمت أوراقي ووضعتها بسرعة في حقيبتي وبسرعة توجهت إلى أقرب فرع للمصرف، فقط لأجد أن البطاقة لا تعمل، لماذا لا تعمل الأشياء عندما نحتاجها؟!! لا بد من دفع الرسوم لتفعيلها، لم يكن ذلك سهلاً، استغرقت عدة دقائق ومحاولات لأتمكن أخيراً من سحب المال، تمتمت اعتذاراتي للطابور الطويل الذي امتد خلفي في فرع المصرف الصغير، الوقت يداهمني وأنا بحاجة إلى المال لرحلتي، توجهت إلى محل صرافة يديره شاب عربي وحولت ألف يورو منها لحميد،

واشتريت تذكرة قطار، أخبرني موظف التذاكر بأني كنت لأستفيد من الخصم لو حجزت مسبقاً.

- حقاً؟ من المؤسف أنني مضطرة للسفر الآن.. ولن أستفيد من العرض

لم يتسن لي الاستعداد للسفر، حملت ما أستطيع حمله، ودسست كيساً من الخبز ومكعبات الجبنة في حقيبة يدي، لبست حجابي وتوجهت إلى المحطة، رغم التعب والإعياء تذكرت أن أبلغ مدرستي أنني لن أتمكن من الحضور لدرس اللغة بسبب المقابلة، لكن اللئيمة احتسبتني غياباً، حاولت عبثاً أن أغفو في القطار لكن رأسي كان يرتطم بالنافذة بين الفنية والأخرى، رأسي الثقيل والمزدحم بالأسئلة؟ هل سيقبلونني؟ هل استلم حميد المال؟ ترى هل تمكن من تسديد المخالفات التي تسبب بها أشقاؤه بسيارته؟ كيف سأتدبر بقية المصاريف حتى نهاية الشهر؟

"خليها على الله يا ظبية"

أمضيت خمس ساعات في القطار، لا بد أن هذه هي المحطة الأخيرة، وكم كانت صدمتي كبيرة عندما أعلن نظام المخاطبة الداخلية وصولنا إلى مدينة أخرى مختلفة عن وجهتي

"كيف!؟ كيف!؟"

لقد أردت الوصول إلى وجهة أخرى فكيف صرت هنا؟ هل أخطأ موظف التذاكر؟ ليس من عادتي ألا أنتبه للإرشادات، سألت العجوز على يميني، فأخبرتني أن علي أن أستقل القطار التالي، شكرتها ونزلت أبحث عنه،

خرائطهم مقعدة جداً، وأنا متعبة جداً، وبعد الكثير من الضياع وجدت القطار الذي يغادر بعد دقائق، كنت أسابق الريح وأوراقي تهددني بالتبعثر "أرجوك لا تفعلي، لا وقت لدي لجمعك إن تبعثرتِ" يا سلام ها أنا أتحدث للأوراق مثل مرام وغرابة أطوارها، اشتقت لمرام وعاداتها الغريبة، على الأقل اكتسبت هذه العادة منها، شعرت بأن أعصابي وكل طاقتي على وشك التبعثر مثل هذه الأوراق، لحسن حظي أنني وصلت للمقابلة على الموعد المحدد، يقدر الأوروبيون الالتزام بالوقت، حاولت قدر استطاعتي وقدر ما ساعدتني أدوات زينتي البسيطة التي أملكها أن أعيد بعض اللون لوجهي الشاحب، لقد فقدت الكثير من وزني إِثناء وجودي في أوروبا، حثثت نفسي على التفكير بإيجابية وألصقت أكبر ابتسامة على وجهي قبل أن أطرق الباب، لكن ابتسامتي لم تسعفني عند البروفيسور الذي لم يحاول إخفاء بغضه حتى، بل التفت إلى حاشيته وزفر بغضب.. وتمتم بلغته:

- أرسلوا لي عربية مسلمة؟ ماذا سأفعل بها؟

- نظر إلي أحد رفاقه الذي همس له بمكر:

- ما رأيك أن نرسلها إلى غرفة العمليات؟ أود كثيراً أن أعرف كيف ستتقبل ارتداء ملابس التعقيم بحجابها..

اللعين يريد إذلالي.. لا بأس، لن أسمح له بالاستمتاع بهذا، لكن البروفيسور أخبره:

- افعل ما تراه مناسباً.. فقط دعوها تغرب عن وجهي..

- أبقيت ابتسامتي ثابتة، ونفذت ما طلب مني، لففت شعري في الغطاء القطني الصغير، ثم ارتديت قبعتين جراحيتين، ابتسمت لصورتي في المرآة، لقد قبلت التحدي وسأرى من يضحك أخيراً، عندما دخلت جناح العمليات لم يعرني أحد اهتمامه، ومثل المتسولة وقفت على جانب الممر، لم يسمح لي بالدخول إلى أي غرفة ما لم أحمل بطاقة تعريفية، فبقيت ثابتة في مكاني، تباً لهم، قدماي متورمتان من طول الوقوف.. أخيراً اقتربت مني ممرضة، وأخبرتني أن البروفيسور يطلبني في قسم الجراحة، للمشاركة في الجولة الصباحية، بدلت ملابسي ورحت أتحسس طريقي في هذا المبنى غير المضياف.

بعد الجولة الصباحية التي امتدت إلى العصر، أخبرتني سكرتيرة البروفيسور أنهم ليسوا بحاجة إلي في القسم وأن عدد المتدربين كافٍ عندهم، لا أذكر بالضبط إن كانت سخافة الموقف أم شدة الإعياء التي منعتني من الرد، وإظهار بأني أفهم تماماً أنه لا يريدني لأنه عنصري ومعادٍ للعرب والمسلمين، لكنني آثرت الصمت، لم أصدق صديقتي لمياء عندما أخبرتني عن عنصريتهم.."حسبي الله ع ونعم الوكيل" كانت الدموع تلسعني، أردت أن أسبهم وألعنهم، أردت أن أتحدث إلى أحدهم عن غضبي وحزني، لماذا طلب مني مسؤول الطلبة المبتعثين أن آتي إلى هنا إن كان يعلم بعنصريتهم ضد العرب والمسلمين؟ كم أشتاق إليك يا مرام، ما أزال غاضبة لأنها قررت الاستسلام وترك الوظيفة بعد سفري، وذكرت نفسي بأني سأوبخها لاحقاً على تسرعها بالاستقالة، لكن الآن أنا فقط مشتاقة لها.

ربما أصابت في قرارها.. بعد كل هذا التعب وهذا الذل، بدأت أشك بأن قراري بالسفر للدراسة كان صحيحاً، لا أذكر أني بكيت كما بكيت تلك الليلة.. أنا فعلياً معدمة، لا مال.. لا أهل.. لا أصدقاء.. لا دراسة.. وللمرة الأولى أشعر بمرارة الوحدة والغربة.

مضى الوقت بسرعة دون أن أتمكن من العثور على مستشفى تدريبي يقبلني، الجميع مرتبك وفي حيرة، لا بارك الله في ذلك المبتعث الذي تسبب بهذه الفوضى، نشرت أوراقي وبقايا أموالي في عدد من مكاتب التوظيف، بدون جدوى أو فائدة ترجى.. فكرت بالتقديم على قرض من البنك وتحمل التكاليف، لكنهم رفضوا بحجة أن التعامل لا يجب أن يكون بين هيئة وفرد، لم يعد هناك ما أستطيع فعله هنا لذا حزمت أمتعتي وعدت إلى الديار وكل ما بجعبتي شهادة لغة عديمة الفائدة، والكثير من خيبة الأمل..

مــــرام

"ندبة في الروح"

كان لقائي بهيثم أجمل ما حدث لي والنقطة الإيجابية الوحيدة لعملي، زواجنا كان شبه تقليدي، ما زلت أحتفظ ببطاقته الشخصية التي قدمها لي بعد أن عالجت الحروق التي أصيب بها في رحلة للبر، ورغم أنني لم أتواصل معه أبداً إلا أنني استطعت أن أتذكر الاسم الذي استغربته والتصرف الغريب من مريض، ورغم سعادتي بلطف ورومانسية زوجي المحب، لكن حملي تأخر بعض الشيء ورغم أنه لم يتذمر أو يمانع عملي، دخلت أنا في دوامة من الترقب والإحباط، والتحسر كلما سمعت صوت طفل، لذا بدأت رحلتي بين عيادات الإخصاب،

ورغم أن جميع الاستشاريين أخبروني بعدم وجود أسباب صحية تمنع الحمل إلا أنني كنت مصرة على بدء العلاج، وبعد سنتين من العذاب النفسي والترقب رزقت بأجمل جوهرة على وجه الكرة الأرضية، حبيبتي الصغيرة "جنى" التي صارت محور حياتي كلها، ولأنني كنت أموت قليلاً كلما اضطررت للبعد عنها، كان الحل الوحيد أمامي هو ترك العمل، كان من السهل على أن أقنع نفسي بأني لا أستطيع الاستمرار بالعمل في وظيفة تستلزم مني القيام بالمناوبات الليلية..

كان تعلقي بها شديداً، أعلم أن كل أم تحب أطفالها لكني كنت أتنفس جنى لينبض قلبي حباً "قطرة من عسل خرجت من بطني وسكنت قلبي" ما كنت لأسمح لأي مربية أن تلمسها أو تقترب منها، ولم تكن حالات حروق الأطفال التي أعاينها في عملي تساعدني كثيراً في الوثوق بالمربيات، ثم أنها حبي أنا ومسؤوليتي أنا، ماذا لو أسقطتها المربية؟ أو آذتها بشكل من الأشكال.. قصداً أو بدون قصد..

كم هو جميل هذا الإحساس بالحب! حبي لها بدأ منذ أن رأيت ذلك الفستان الصغير في أحد محلات دبي ظن كان ذلك قبل أن ألتقي بزوجي حتى، عندما كنت في جولة تسوق مع صديقتي، أذكر أنني أمسكت ذلك الفستان الأبيض الصغير وقلت لها..

- لقد وجدت حلمي وهدفي..

أذكر أنها رفعت حاجبها باستنكار وهي تنقل نظرها بين الفستان الصغير وبيني، قبل أن تقول:

- هناك مشكلة واحدة يا مرام.. لا أظنه متوفراً بقياسك..

لكزتها "ركزي معي.. لا أقصد الفستان.. بل من سيلبس الفستان"

التفتت إلى قسم ملابس السهرة وقالت، وهي تخاطبني كما لو أنها تخاطب طفلاً يريد لعبة لم يكن الوقت مناسباً لشرائها:

- مرام، عزيزتي، الأمور تحدث بهذا التسلسل.. نجد ولد الحلال الذي سيخلصنا من همك وبعدها يأتي الأطفال..

لم أشتر الفستان ذلك اليوم.. ولكن حلماً جميلاً نمى في داخلي..

كل حركة تقوم بها جميلتي جنى تستحق احتفالاً صغيراً بالنعم التي منحت لي، لطالما تغنى الشعراء والأدباء بالحب، وأعترف بأني في ذلك الوقت أصبت بالحب مرتين، نوعين من الحب ينبض بهما قلبي في الوقت ذاته، حبي لهيثم وحبي لجنى، قررت بأني أريد أن أكون أماً فقط وأن اهتمامي يجب أن يكون في بيتي فقط، لزوجي وأطفالي، لذا أخبرت زوجي برغبتي بطفل ثانٍ وقد استقبل الخبر باستغراب..

- هل يمكنك ذلك؟ أعني ألن يؤثر ذلك على صحتك، لم يمض سوى أربعة أشهر على ولادة "جنى" ماذا عن العملية القيصرية؟

هززت كتفي وأنا ألامس خد أميرتي الصغيرة النائمة..

- ماذا يمكن أن يحدث؟ ولادة قيصرية ثانية؟

فكرة الولادة الطبيعية ترعبني إلى أبعد الحدود، كانت تلك صدمتي منذ أن كنت متدربة في قسم النساء والولادة، حيث لاحقتني الكوابيس، وقتها لم أكن

متزوجة وكان الأمر يفوق قدرتي على التحمل، لكنه لم يغير رأيي فيما يتعلق بحلمي الكبير بالأمومة، واليوم ها هي فرصتي لترك الوظيفة التي أمقتها، خاصة بعد أن سافرت صديقتي الوحيدة للتخصص، عدت إلى شعوري العميق بالوحدة وعدم الانتماء، بقي عليّ أن أقنع "هيثم" بالفكرة:

- انظر إلى هذه الطفلة الجميلة؛ لا يجب أن نحرم العالم من أشباهها، لقد واجهنا صعوبة في الحمل أول مرة، هل تتوقع أننا سننجح مباشرة؟

لكننا نجحنا بالفعل، غير أن الحمل هذه المرة لم يكن خفيفاً ولا سهلاً، فقد كان حملي مصحوباً بالكثير من الآلام واشتباه سكري الحمل، كنت أشعر بأن حملي هذه المرة أكثر جدية بينما كانت جنى عينة تجريبية.

لم يكن بمقدوري الموازنة بين الحمل والعمل، هذا غير شعور الذنب المتواصل تجاه "جنى"، حيث كانت تراودني الوساوس دائماً، إن كنت سأتمكن من توزيع حبي بالتساوي بين "جنى" والمولود الجديد خاصة وأنا أشعر بالإعياء طوال الوقت...؟ لذا أخبرت زوجي بأني أريد أن أترك العمل..

زوجي المسكين الذي عليه أن يتحمل غالباً نتيجة قراراتي المفاجئة، فعلى عكسه تماماً كل قراراتي متسرعة، كما أنها سارية المفعول بمجرد أن تلمع الفكرة في رأسي، نظرت إليه بينما يضع حاسبه الآلي على المنضدة بجانب السرير، وسألني:

- ماذا عن طموحك والمستقبل؟

تمايلت وأنا أحاول أن أجد وضعية مناسبة لبطني الضخم دون أن أختنق به:

- دعنا لا نخدع أنفسنا، لو عملت مليون سنة في هذا المستشفى ، فلن أتقدم خطوة دون السفر للخارج، هل ستسافر معي؟

- لا طبعاً.. لا يمكن ترك وظيفتي لهذه المدة، ولا أظن إدارتي ستوافق على منحي إجازة مرافق..

أشرت إلى بطني وسرير "جنى"

- هل تتوقع مني أن أترككم وأسافر وحدي؟

مهما كان زوجي متفتحاً وعقلانياً فإن موضوع سفري وحدي للدراسة كان أمراً خارج النقاش.

- لا يمكنك السفر دون محرم.. مستحيل..

عقد حاجبيه وهو يفكر، بينما أصابعه تلتقط جواله وتتسابق على الشاشة قبل أن يريني حساباته:

- هل ستكتفين بالمصروف الذي سأمنحكِ إياه.. مهما كان راتبك غير مرضٍ بالنسبة إليك فإن الفارق بينه وبين المصروف الذي أستطيع توفيره سيكون كبير جداً..

زوجي اللطيف وحساباته التي لا تنتهي، لكني لن أسمح لهذه الفرصة أن تفوتني، يجب أن تكون حجتي بالغة وإلا لن يقتنع أبداً..

- جميع زوجات أشقائك ربات منزل، وتراهن مستمتعات بحياتهن، حبيبي حاول أن تفهمني.. أنا لا أريد الاعتماد على خادمة أو مربية، كل ما أراه من حالات حوادث المنزل يشيب لها الرأس..

نظر إلي وقال بجدية وهو يحك رأسه، ثم يزيح شعره الأسود خلف أذنيه "كم تزعجني هذه الحركة" لكن يبدو أنه يفكر جدياً بما قلته، ثم قال أخيراً:

- عندما تزوجتك تزوجت الطبيبة، وأنا أعرف كل ظروف عملك وقد قبلتها.. لن أكون أنا من يتخذ هذا القرار المصيري في حياتك المهنية.. حاولي أن تعيدي حساباتكِ وأنا سأساندك في أي قرار تتخذينه..

لست بالإنسانة الكسولة، ولكن الطب كان حلم أمي وليس حلمي، أحلامي تتضمن الجمال والفن، لربما تمكنت من أن أكون مصممة أزياء عالمية، الجميع سيعجب بتصاميمي، لن يكون صعباً أن تنال أزيائي إقبالاً واسعاً، الجميع يشهد لي بذوقي الرفيع فيما يخص الملابس، ستكون كلها مميزة وراقية، والجميع سيتهافت على شرائها، سأبني إمبراطورية أزياء وأتربع على عرشها، سيعرفني الجميع وأصير مشهورة...

لكن الواقع كان مختلفاً جداً، إذ لم تلق تصاميمي الاهتمام المنشود، بل استهلك مشروعي الصغير ثروة صغيرة من مستحقات نهاية الخدمة التي حصلت عليها والكثير.. الكثير من مصروفي الشهري، علي أن أعترف أن ترك العمل لم يكن قراراً صائبا البتة، بإمكاني إلقاء اللوم على هرمونات الحمل وقتها، لكن إن أردت أن أكون صادقة مع نفسي أولاً، كان السبب الأساسي هو شعوري بالخزي والخوف من أن جميع زميلاتي مضين في رحلة البحث عن التخصص، وأكثر ما كان يرعبني واقع أنني سأبقى كما أنا، "ممارس عام للأبد"،

سأظل للأبد أحمل هم المناوبات التي تبقى ثقيلة على القلب، ولن يلمع اسمي أبداً، وسأبقى للأبد نصف طبيبة، نصف مصممة، نصف زوجة، نصف أم، دوماً في الخلف، متوارية في ظل أحدهم، والآن ها أنا في ظلام غرفتي، دماغي يتحلل جزئياً، تفكيري منصب على وقت الرضعات وتغيير الحفاضات، والظل بدأ يتحول تدريجياً إلى ظلام دامس يبتلع أطراف روحي وشخصيتي..

"ندبة في الروح"

* * *

الأم تعرف ما هو الأفضل

"منال" تبكي، هواجسي تزايدت بعد أن بالغت في قراءة الأساطير الإغريقية، أسميتها منال تيمناً بالحلم الذي أسعى إلى إيجاده، ولكنه يبدو بعيداً جداً، كما يبدو أن حاسة السمع لدي أصبحت أقوى بكثير، أو أن صوت بكاء رضيعتي كان أعلى مما يجب بمئات الديسبلات..

ظننت أنني سأحظى بالنوم بعد أن أستقيل، ظننت أنني سأجد الراحة عندما أترك هم المناوبات وغم الدوامات، دون القلق من مضايقات فتون، أو ضغط د. مروة، كم كنت مخطئة! في الظلام سمعت صوتاً بداخلي يقول ساخراً "لن

ترتاحي أبداً.. ستظلين دوماً فاشلة.. لن تكملي أي هدف تبدئين به، ولن ينجح لك أي مشروعٍ في حياتك، ستبقين فاشلة.. فاشلة.. فاشلة"

ازداد بكاء منال حدة، وخشيت أن تصحو جنى وتبكي أيضاً، نظرت إلى منال باستغراب، كيف لمخلوق صغير بهذا الحجم أن يصدر صوتاً مزعجاً عالياً هكذا؟ زوجي نائم بسلام ولا يبدو أنه تأثر بالصوت العالي، بدأ الغضب واليأس يتملكني، ولم أدر إن كنت أخاطب رضيعتي أم الأصوات في رأسي عندما بدأت التوسل

"أرجوكِ.. اسكتي.. ارحميني "

ناولت منال زجاجة الحليب ولففت ذراعها حول دميتها المحشوة، وهربت بسرعة قبل أن تسيطر علي الهواجس، هربت إلى الممر الصغير قرب الحمام حيث يسطع الضوء الوحيد في الغرفة الصغيرة وبدأت انتحب:

- يا إلهي.. هذا كثير.. أنا متعبة.. رباه.. ساعدني.. هل ستصمت هذه الأصوات أبداً...؟ ماذا لومت.. هل سأحظى بالهدوء؟

هل سأرتاح لو أني تركت هذا العالم؟

لكن ماذا سيحل بطفلتي الغالية جنى؟

كيف سيتمكن هيثم من تحمل أعباء الطفلتين؟ هل سيكرهني بعد ذلك؟

هل سيكرههما بعد فعلتي؟

فليكره منال إنها شريرة.. إنها العقاب الذي أستحقه لكسلي وتركي للعمل.. أنا أستحق العقاب..

صفعت وجهي وأنا أوبخ نفسي

"اخرسي مرام.. يا لك من أم شريرة!! أنت لا تستحقين أن تكوني أماً.. ليتك تموتين.. أنت أم سيئة.. سيئة"

كان هناك صوت طرق من الغرفة الأخرى، اعتاد حماي على السهر في مكتبه، ويروق له بعض الأحيان القيام بأعمال الصيانة ليلاً، هذا التفسير الذي أريد أن أقنع نفسي به، حتى لا أتطرق للتفسير الآخر الذي طرحه "هيثم" عن وجود بعض الرفاق غير المرئيين الذين يقبعون في جدران المنزل القديم..

تشويش.. ضوضاء.. صوت طرق في الجدار.. هذا قبر مسكون..

أصوات تعلو في دماغي.. عراك بين "مرامين".. مرام الأصلية هشة ومهزوزة، ترزح تحت وطأة مرام المشوشة والغاضبة.. أريد أن أخنق نفسي لتخرس الأصوات بداخلي.. وينتهي العراك..

"أمي عرفت ما هو أفضل لي وأنا تخليت عن الأفضل، بالطبع.. لأنني فاشلة تنتابني الشياطين، أي مثل سأضربه لطفلتي الجميلتين.. أنا لم أكتفِ بالنصف فأصبحت فراغ..

"ندبة أخرى"

بحثت بين الأدوات عن سكين.. لماذا ترتجف يدي؟ علي أن أثبت قليلاً.. ألم بسيط ثم ينتهي كل شيء.. وستخرس الأصوات للأبد وأستمتع بذاك الهدوء اللذيذ الذي أطمح إليه..

"ارتجاج في الروح"

ومن الظلام امتدت يد سحبتني بقوة إلى الدفء ويد أخرى سحبت السكين بثبات من يدي، أسندت رأسي على كتف قوي ونبضات ثابتة وأنفاس منتظمة، استغرقت بضع دقائق لأعود من الظلام وأدرك أن الشياطين قد رحلت، لم يكن هناك صوت سوى نبض قلبه، لم يكن بحاجة إلى الكلام لأعرف أنه هو، لا يمكن أن أبقي في هذا الشك والخوف إلى الأبد، لا يهمني ماذا سيقول عني أي شخص آخر؟ لم يعد يهمني أي مخلوق خارج هذه الغرفة، "هيثم.. جنى.. ومنال" هم دائرتي الأساسية.. ومن أجلهم يجب أرمم هشاشتي، يجب أن أجد الشجاعة لأعترف، همست في طيات ملابسه:

- أنا.. أنا..مـ... مجنونة

لم يرد مباشرةً وأنتظر عدة دقائق بصمت، وعندما بدأت أظن أنه يوافقني الرأي سمعت صوته الهادئ:

- لا شك أن هنالك مشكلة.. لكن حبيبتي.. أظن أنك بحاجة إلى مساعدة من مختص.

بدأت دموعي تنساب حارة مجدداً، كان هادئاً، ولكنه لم ينتظر ردي:

- مرام.. أنت واعية.. ليس هناك ما يعيب لو عرضتِ نفسك على طبيب نفسي، أظن أن الحِمل قد بات ثقيلاً عليك، وأنا أود المساعدة، ولكنني أجهل كيف..

"هل سينتهي بي الأمر في مصح عقلي؟"

- مرام أنا معكِ في كل خطوة، تذكري أنني أحبك بكل جوارحي، وأني أموت قليلاً كلما رأيتك بهذا الحزن، وأخاف أن أخسرك، أنا والبنتان بحاجة لعودة مرام البشوشة والواثقة، أنا بحاجة إلى أفكاركِ الجنونية ومغامراتك، ولكن ليست هذه الأفكار السوداوية، لا أفهم ما يدور بداخلك من هواجس، ولكني أعرف أنه يؤثر عليك بشكل كبير ويجب أن نعالجه..

صارت الشهقات أقوى وبالكاد أتنفس.. ما الذي سيحصل الآن؟

- مرام أعرف بم تفكرين الآن، وبم كنت تفكرين قبل أن آتي إليك؟ لكن هل فكرتِ بما سيحدث لي ولبناتنا لو أنك أقدمت فعلاً على ذلك، لا شيء يستحق أن تنهي حياتك لأجله..

لم أستطع أن أفهم ما تقوله عيناه، ولكن "هيثم" حائر بسببي، همست:

- حبيبي.. أنا.. آسفة.. لست أدري ما الذي يصيبني؟ أنا متعبة، أشعر أني غبية وحزينة، كل ما أفعله خطأ.. كل قرار آخذه في حياتي خطأ.. حتى طفلتي الرضيعة، أدرك أنها طفلة، ولكنها تتراءى لي وحشاً يأخذ من

روحي كلما بدأت بالبكاء، وجهها يصبح مختلفاً ومرعباً جداً، عقلي يعرف أن عيني تخدعني.. ولكن عقلي يغيب عندما تسترسل في البكاء، صوتها العالي يشوشني، عقلي يتوقف عن التفكير وعيني لا ترى رضيعة، بل شيطاناً ينهش روحي، أخاف أن يأتي يوم وأتسبب لها بالأذى.. صدقني سيكون من الأفضل أن أموت أنا قبل أن أتسبب بالأذى لأحد منكم.

كم كرهت نفسي وأنا أدرك فظاعة ما أقول بعد أن حبسته داخلي طويلاً، سمعت كثيراً عن الاكتئاب، لكن هذا الشعور مرعب وقوي، أشعر كمن يحاول السباحة في بحر مظلم وعميق ولكني مكبلة بقيود وأثقال تسحبني للأعماق، لابد أن مساً أصابني أو أن الشياطين تتلبسني، سمعت دوماً أن الخطوة الأولى للعلاج هي الاعتراف بوجود المشكلة، وعدم التغاضي عنها ودفن الأوساخ تحت سجادة الواجهة الاجتماعية، كان هيثم ما يزال يمسك بيدي لكن عينيه تسبح في مكان آخر، كانت عضلات فكه تنقبض وترتخي، شيء ما اختلط بالحزن في عينيه.

- مرام.. ما تقولينه خطير..

بدأ يضغط بقوة على يدي، الخوف والحيرة تتملكه "هل هو خائف علي؟ أم خائف مني؟" سحبت يدي وبدأت بتدليكها "لقد آلمني دون أن يدرك"

- أظن أن علي إيجاد طبيب نفسي.. لكن.. هل.. هل تظن أنني.. هل تريد أن.. هل ستـ..

لم أستطع أن أنطق الكلمات التي تدور في بالي، كيف أسأله إن كان يفكر بالانفصال عني؟ ومن يمكن أن يلومه لو فعل؟! من يقبل بزوجة مجنونة؟ هو

يبدو حائراً أيضاً، لربما سيكون من الأفضل أن ننفصل حتى لا أشكل ضرراً على طفلتي.. أراه عابساً يفكر، نظر إلي ثم هز رأسه، "لقد خذلته بالفعل"

بدأت أهوي داخل حفرة من اليأس، وقبل أن يبتلعني ظلام الخوف بالكامل وصلني صوته الواثق:

- أرجوكِ توقفي عن التفكير بالانفصال؟ لديك مشكلة وسنعمل على حلها سوياً، أنا خائف على البنتين، ولكني خائف عليكِ أكثر، ولن أرضى بأن أخسر أحداً منكم، لماذا لا تغتسلي بينما أجري بعض الأبحاث، جربي أن تصلي ركعتين لله، لربما وجدت بعض السكينة والهدوء..

وأضاف قبل أن يتركني:

- هناك أمر آخر.. لابد من مربية لتساعدك..

- لا.. لن أسمح لمربية غريبة أن تقترب من أطفالي..

لم يسمح لي بالنقاش، وأكمل حديثه:

- ستساعدك في التنظيف وبقية الأعمال المنزلية، أعرف أنك لا تحبين أن تطلبي مساعدة من عاملات والدتي، ولكن أنت بحاجة إلى مساعدة..

نظر إلى سلة الملابس المتسخة، وأكوام الأغراض المتكدسة في الغرفة، وشعرت بالخجل وأنا أتبع نظراته، وأراقب جيوش النمل تتجول في الممر متسلقة أنبوب تصريف المكيف في السقف، طأطأت برأسي وقلت بصوت مثقل بالعار:

- وجه آخر لفشلي.

تجاهلني "هيثم" ودفعني بلطف:

- فقط قومي بما أوصيتك به الآن..

في الصباح صحوت على صوت "جنى" وهي تغني للدمى

"يا عسل من اللي ذاقك يا عسل.. آه بخته يا عسل"

شعرت بالدفء يملأ قلبي.. ربما ما تزال هناك بقايا لروحي لم تمسها يد الاكتئاب.

"ملاكي الصغير"

كنت دوماً أغني هذه الأغنية لها ولكني توقفت بعد أن أنجبت منال.. ربما يجب أن أبحث عن أغنية أغنيها لمنال، نظرت إلى شاشة جوالي، عدة رسائل من هيثم، ثلاث منها كانت سيراً ذاتية لمربيات، وأرقام تواصل عيادات نفسية، وفي الأخيرة كتب لي..

"ابتليت بحب مجنونة أذوب بها عشقاً وهياماً.. ولكني أشتاق لجنونك الآخر يا حبيبة قلبي.."

اغتسلت بسرعة قبل أن تصحو"منال" وقررت أن اليوم هو التغيير، حضرت أغراض الطفلتين ورضعة منال ونقلتها إلى السيارة، داعبت جنى التي قالت بعفوية وهي تنظر إلى عيني المتورمتين "لماذا عين ماما حمراء؟"

تقول أمي دوماً إن الأم يجب أن تكون كالجبال.. لا يجب أن يراها أبناؤها ضعيفة أبداً، حتى ترى نقاط كل ضعفي "أم مهزوزة دائمة البكاء" قرصت جنبي حتى لا أسترسل في أفكاري السوداوية، يجب أن أتصل بإحدى العيادات النفسية الآن، لا وقت لدي لأضيعه، كل يوم يمضي دون أن أتصرف هو خطر على بناتي، نظرت إلى خزانة الثياب التي تغص بملابس لن ألبسها مجدداً، أحضرت كيساً كبيراً وملأته بالكثير من ملابس السهرة، والحقائب وأحذية المصممين التي لم تعد تناسبني، وأربعة معاطف بيضاء، وخمسة من ملابس الجراحين بألوان مختلفة، فكرت بظبية والتحديات التي تواجهها في الغربة، كم أشتاق لها ومغامراتنا معاً! ترى كيف هي الآن؟ كيف وضعها في أوروبا؟ على الأقل، ستعود إحدانا بالشهادة.. ماذا عن صديقاتي الأخريات؟ كم أشتاق لصديقاتي! لقد تفرقت بنا السبل، وَوجدت نفسي دون أصدقاء مجدداً، ترى ماذا سيقولون لو رأوا حالي الآن؟ "لمياء" انتقلت إلى قسم الجلدية، ثم سافرت لاستكمال دراستها وتبعتها ظبية، وأخرى درست الماجستير في الإدارة وانتقلت للعمل في إدارة المستشفى، والأخيرة انقطعت أخبارها بعد الزواج، أما أنا قررت أن أدخل مجال التصميم والتجارة، وتبين أنني لا أصلح لهذا أيضاً، والدليل يرقد في ثلاث حقائب سفر كبيرة، تحتل مساحة كبيرة من الغرفة الصغيرة المظلمة في بيت أهل زوجي، والتي نتزاحم فيها أنا وزوجي وطفلتينا..

علي التخلص من كل ما يثقل المكان، كل الحاجيات التي تملأ المكان دون استخدام كلها ستذهب للتبرعات، قد يستفيد منها شخص غيري، ربطت الكيس ووضعته خارج الغرفة، تنظيف الربيع الموسمي لحياتي قد بدأ..

"تنظيف الجروح أمر أساسي لتبدأ مرحلة التشافي"

* * *

كان موعدي الأول مع الطبيبة النفسية مليئاً بالدموع، رفضتُ أن يرافقني أحد للعيادة وبالأخص هيثم، الذي وافق على مضض، كان عليّ مواجهة خوفي بنفسي، أخبرتني طبيبتي أن مشكلتي بسيطة، ولكنها بلا شك بحاجة إلى العلاج..

"إذا كنا نقبل أن أي عضو في الجسد يمكن أن يمرض.. أليس من المنطقي أن يمرض الدماغ أيضاً؟ أو ليس جزءاً من الجسد؟ أنتِ بحاجة إلى الراحة.. ليس عيباً أن تطلبي المساعدة عندما تحتاجينها.. لهذا كانت الأمهات الجدد في السابق يمضين فترة النفاس مع أمهاتهن.. فمهما كبرنا تبقى بداخلنا حاجتنا لأمهاتنا"

توجهت بعد الموعد إلى أمي وحضنتها بقوة، لم أكن بحاجة لأن أفسر شيئاً لأن أمي تعرف ما هو الأفضل، وتعرف بالضبط ما يدور في داخلي، ورغم أنها لم تكن تؤمن جداً بالطب النفسي، لكنها همست في أذني وهي تضغط على يدي:

- خذي بالأسباب يا بنيتي، ولكن عودي إلى الله.. أعرف أنك في الفترة الماضية ابتعدت كثيراً.. تأكدي أن كل طريق يبعدك عن الله سيقودك للبؤس..

شعرت بالحرج يلهب وجهي، في كل مرة أحاول أن أخفي ذنوبي، تكتشفها أمي بكل سهولة، أتراه حدس المعلمة عندها؟ أم أنه إحساس الأم عندما يخطئ أبناؤها؟

- مرام أنت لا تصلحين لأن تكوني ربة بيت..

شعرت وكأنها صفعتني، لم أتوقع هذا من أمي، كم أوجعني هذا الاتهام! أدرك مدى فشلي، ولكني لم أتوقعها أن تخبرني به صراحة وعلناً، حاولت أن أبرئ نفسي، ولكنها أكملت:

- أنتِ لا تصلحين أن تكوني ربة بيت فقط.. مرام أنتِ دكتورة.. والدك وأنا ربيناك لتكوني فاعلة في المجتمع، ونعرف أنك زوجة صالحة، وأم صالحة، على الرغم من أنك تائهة بعض الشيء، لكن قبل هذا كله أنتِ تتمتعين بشخصية قيادية، ها قد جربت الراحة، لكنك لم ترتاحي، "سامحيني" إن كنت أجبرتك على دراسة تخصص لا تحبينه، لكنك أول فرحتي ولقد رأيت أنك تملكين قدرة عالية على التعاطف، ورغبة في المساعدة، قد تكون الوظيفة خاطئة وأرجو أن تغفري لي ذلك، لكن إن كان هذا مبرراً أرجو أن تعرفي أن حبك في قلبي مختلف يا مرام.. الأم تحب كل أبنائها بالتساوي ولا يصلح أن تفرق بينهم، ولكن كل منكم يحمل مميزاته التي ظهرت عليه منذ أن كان طفلاً..

إنها المرة الأولى التي تفصح فيها أمي عن مشاعرها، لطالما قالت بأن المشاعر لا يجب أن تنطق، الحب يظهر بالأفعال وليس بالكلام، لا أذكر يوماً أن أمي أخبرتني بأنها تحبني، ظننت دوماً أنها تفرض عليّ أحلامها، ولكن في الواقع هي لم تفرض عليّ حلمها، لكنها وضعتني على أول الطريق وكان علي أن أكمل الطريق بما يتناسب مع قدراتي ومهاراتي، التي كان علي أن أسعى لتطويرها بنفسي، بدل البحث عن كل الأسباب التي تمنعني من الاستمرار، هي عرفت بالضبط ما هو الأفضل لي، بينما استرسلت أنا بتمثيل دور الضحية.

عندما عدت للبيت ذاك اليوم لاحظ هيثم بريقاً مختلفاً:

- كيف كان الموعد؟

- جيد.. سأبدأ العلاج وسأقابل الطبيبة بعد أسبوعين لتقييم نتيجة العلاج، في حال احتجت إلى تغيير جرعة الدواء..

لم انتظر أن يجلس حتى باغته بقراري الجديد:

- هيثم يجب أن أعود للعمل..

نزع غترته وعقاله ووضعها بحرص على السرير ثم سألني:

- وماذا تريدين أن تعملي؟

- الوظيفة الوحيدة التي أتقنها

ابتسم وهو يضمني إليه..

- ها قد عادت الطبيبة التي أحببتها..

"بلسم"

* * *

ظبية

ذهول | 2016

كل هذا العناء وكل هذا الوقت، والساعات الطوال التي أمضيتها في انتظار دكتور مانع ليساعدني في البحث عن بديل، واليوم تتبجح أمامي موظفة لا تجيد حتى التفريق بين حب الشباب والطفح الجلدي، وتقول لي "فنش" بسبب الانقطاع عن العمل، بعد خمس أشهر من مباشرتي العمل، هل صحت تواً؟

- ظبية هل عندك رقم جوال د. محمد، ظبية؟

كانت مرام تهزني بعنف لم أعتده منها.

- ليس الوقت مناسباً لتسرحي الآن..

- نعم.. نعم أنت محقة، يجب أن أركز..

هل سيتمكن من مساعدتي؟ الآن وقد أصبح مسؤولاً كبيراً، أصابعي ترتجف وأنا أبحث بين الأرقام، كانت الأسماء في القائمة تتراقص أمام عيني، ولا أدري كم مرة بحثت حتى نبهتني مرام..

- ظبية.. مررتِ على الرقم مرتين..

أخيراً وجدته، ولكني تساءلت إن كان سيساعدني؟ أم أنه سيتنكر لي كالبقية، أذكر عندما كان يعمل معنا في المستشفى وكنت أحاوره وأشاكسه في المناوبات، ضغطت زر الاتصال، رن الهاتف مرتين ثم أجاب هل كان يتوقع اتصالي، لكنه لم يرد علي حقاً، بل أظنه أعطى الهاتف لشخص آخر، أسمعهم يتنازعون على الهاتف أحدهم يرميني على الثاني، هل يستمتعون باللعب بأعصابي؟ هل كان مصيري ومصير عائلتي تافهاً لهذه الدرجة بالنسبة لهم؟ عندما قرر أحدهما الرد أخيراً ولست أذكر من كان، لأن كل ما أذكره أن مكانة كليهما سقطت في ناظري، وتهاوى معهما برج الاحترام الذي كانا يتربعان عليه، استجمعت غيظ كل تلك المواقف التي مررت بها والذل الذي تعرضت له في أوروبا، والساعات التي أمضيتها أمام مكتب الدكتور مانع وقلت بهدوء:

- يا سادة دعوني أخبركم أني أحتفظ بنسخة من كل المراسلات التي تواصلت فيها معكم ومع دكتور مانع.. مما يثبت أني لم "أكن نائمة في

بيتنا" كما تزعم موظفة قسم الموارد البشرية، وأني لم أباشر العمل بناءً على نصيحة د. مانع. الذي أبلغني بأن حقي في الإجازة الدراسية سيسقط لو باشرت العمل، ولن أحصل على موافقة على أي إجازة دراسية أخرى لو احتجتها فيما بعد، لذا أطلب من حضراتكم محاولة إيجاد حل مناسب لي..

شعرت ببعض الرضى وأنا أستشف التوتر الذي تسببت به لهما، واستغرق محدثي عدة ثواني ليستجمع توازنه ويرد..

- دعينا نجتمع ونجد حلاً لهذه المعضلة..

- شكراً يا سادة.. طاب يومكم.

توجهت مع مرام إلى العيادة فتحت لها حسابي وشرعت بطباعة المراسلات، مئات الصفحات تلفظها الطابعة، مرام لا تنفك تتحسبن، بينما عادت بي ذاكرتي بالزمن إلى فقاعتي أتنقل بين الأجانب، خبزتي بيدي لأني لم أجد الوقت لتناول الطعام في الشقة، بعضهم عدائي وبعضهم مسالم والبعض لا يعتبرني موجودة أصلاً، مسؤول شؤون الطلبة يتصل بي من رقم مختلف ويطلبني للاجتماع معه في مقهى خارج ساعات الدوام الرسمي، ليشير لي بوقاحة أن بعض المبتعثين أياديهم ناشفة، وأن السفينة لا تجري على الجبس، وأنه سيساعدني بإيجاد مقعد دراسي لو "بحبحت عليه".

هذه الأمور لا ترسل بالبريد الإلكتروني، ولا يتم تداولها خلال المكالمات الرسمية أو داخل المكاتب في ساعات العمل الرسمية، لكنها تحدث وقد أخبرني بها عدد من الزملاء، ومن لا يدفع يعاني من العرقلة وطول الانتظار،

لكل مكتب عمولة معروفة بالخفاء، تتملكني الحيرة هل أدفع؟ ولكن من أين لي أن أدفع؟ راتبي يتبدد قبل أن يتسنى لي التفكير بطريقة أزيد فيها دخلي..

ذكريات أوروبا تختلط بواقعي، ذهبنا لمكتب رئيس الموارد البشرية وطلبنا منه المساعدة، لكنه حائر للأبد ولا يعرف كيف يمكنه المساعدة، تخبطنا بالسير لمكتب مدير المستشفى الذي لامني في البداية لكنه أخبرني بأنه سيساعدني، بدأت مرام بإجراء الاتصالات الواحد تلو الآخر..

- ما رأيك لو نطلب المساعدة من د. مانع.. قد يساعدنا برسالة تشهد أنك كنت بالفعل تراجعين مكتبه خلال هذه الفترة؟

لكن آمالنا تحطمت عندما رفض د. مانع بشدة منحنا الرسالة، ورغم أني توسلت إليه:

- دكتور أنت تعلم أني كنت أراجع مكتبك، كما أنك وعدتني بإيجاد حل لي، وأخبرتني بأنني سأفقد حقي بالإجازة الدراسية لو باشرت العمل..

عدل ربطة عنقه ثم أشار إلى رأسه المغطى بالشيب، وكأنه يضيف دون الكلمات "يا مجنونة":

- صحيح، لقد نصحتك بذلك لكنك تملكين العقل.. ثم لو فنظرت خارج مكتبي ستجدين جهاز البصمة..

لا أستطيع أن أصدق ما يقوله هذا الرجل؟ كل جملة ينطقها تناقض أختها التي سبقتها، نظرت إلى مرام علها تفيدني بشيء، عقلي لا يستوعب الموقف، لكني

أستطيع رؤية وريد الغضب ينبض في جبينها، إنها غاضبة بالنيابة عني، ولكني لا أملك رفاهية أن أغضب الآن، أنا بحاجة إلى حل، ولا أريد حرق الجسور، سألته وأنا أحاول ألا أبدي اليأس الذي يسيطر علي:

- وما الحل برأيك يا دكتور؟

شغل نفسه بترتيب مجموعة من الأوراق والأقلام، وكأنه يحاول أن يخبرني بأننا أخذنا الكثير من وقته وأنه لم يعد مرحباً بنا، ثم مسح فمه بمنديله، قبل أن يقول:

- لا حل لكِ عندي.. عليك أن تنسي أمر الرسالة فأنا لن أكتبها..

ومثل كل مرة أخرج فيها من هذا المكتب أجرجر أذيال الخيبة، ما زلت في حالة من الضياع والذهول، ما أكثر الوعود التي نسمعها وكلها فارغة، لقد وعدني يوماً بأنه سيدربني لأحل في منصبه بعد التقاعد، وها هي السنين تمضي وما زال دكتور مانع مثل حائط من الإسمنت المسلح الذي تتحطم عنده طموحات الأطباء الجدد، لا سبيل لتجاوزه ولا المرور منه، تذكرت عدد البرامج التدريبية التي عرضتها عليه ليتبناها في المركز التدريبي، وفي كل مرة يجد مليون سبب ليرفض هذه البرامج.

انتزعني صوت مرام من أفكاري:

- ظبية لا تشردي بذهنك الآن.. امنحيني أي خيط يساعدنا..

معها حق ليس الوقت مناسباً للبؤس:

- سعيد.. لابد أنكِ تذكرينه، لقد كان يعمل إدارياً في قسم الطوارئ في المستشفى، ضمن لجنة التحقيق..

تذكرت مساندة سعيد لي عندما كنا نعمل معاً في قسم الطوارئ، هل سيساعدني أم أنه سيحذو حذو كل من سبقه في قائمة المعارف الطويلة التي تشغل حيزاً كبيراً من ذاكرتي وذاكرة جوالي، كان سعيد في إجازته السنوية، ورغم ذلك قررنا الذهاب لمكتب الشؤون القانونية، لا أذكر إن كنت أنا من يقود السيارة أم كانت مرام، ولا أذكر كيف وصلنا إلى المكتب الرئيس لإدارة المستشفى، المبنى كبير والمكاتب مزخرفة، وفي منتهى الرقي والفخامة، على عكس مستشفانا الذي يبدو بدائياً مقارنة بهذا المبنى الفخم، لابد أن الموظفين هنا ينظرون إلينا باستعلاء من برجهم العاجي هذا، حيث يطلقون القوانين والأحكام علينا طبقة العبيد الفنيين، مرام كانت ترتدي معطفها الأبيض والجميع ينظر إليها باستنكار، سمعتها تتمتم بغضب "بحق الله، ألم تروا طبيبات من قبل؟"ولا يمكن للمواقف الغريبة إلا أن تحدث عندما يظن المرء أنه في غنى تام عنها، كان د. محمد يمر في جولة تفقدية فلمحنا، ووجه حديثه لمرام:

- دكتورة، لابد أنك ملمة بقانون منع ارتداء المعطف الأبيض خارج المنشأة الصحية، وذلك لمنع انتشار العدوى..

تمقت مرام المتمردة البروتوكولات التي لا تقتنع بها، ولربما كان هذا أحد أسباب تركها للعمل عندما سافرت أنا للدراسة، ورغم أني لم أسألها عن سبب عودتها، إلا أن طباعها تغيرت من شخصية مسالمة وهادئة، إلى ساخرة ومتمردة ترفض الظلم، فما أهمية ضوابط المظهر الخارجي أمام أن تفقد صديقتها مصدر رزقها الوحيد:

- أنا آسفة يا دكتور، ولكن هذا من هول الصدمة التي تعرضنا لها بسبب ما أخبرتنا به موظفة الموارد البشرية من المستشفى، دكتور أرجوك نحن بحاجة لمساعدتك..

أشار لمرافقيه بالانصراف، وأدخلنا غرفة الاجتماعات، كان من اللباقة بما يكفي ليستمع إلينا، ولكني أجهل إن كان ينوي بالفعل مساعدتي، حولنا بعدها إلى مكتب الشؤون القانونية، كل ما أذكره أننا مررنا بالمكتبة القريبة من مركزنا الصحي، قمنا بنسخ كل ورقة طبعتها، إلى نسختين غلفناهما في مجلدين، أخذت واحدة معي وتركت الأخرى في صندوق سيارتي "ماري غولد"، عندما دخلنا مكتب الشؤون القانونية رحبت بنا موظفة تدعى هدى، بدت واعية وعادلة، أخبرناها بالمعضلة التي أمر بها وخطر إنهاء الخدمة الذي يحوم فوقي مثل غيمة سوداء، استمعت إلينا بهدوء وكانت تدون الملاحظات في دفتر صغير، ثم أخرجت كتاباً صغيراً لوحت به في وجهينا وهي تقول:

- نحن شعب لا يقرأ.. وإذا قرأنا لا نفهم.. وإذا فهمنا لا نطبق.. هذه الشروط موجودة في العقد الذي وقعتِ عليه للإجازة الدراسية يا دكتورة.

كانت عبارتها مجحفة وأبعد ما تكون عن الحقيقة، كيف تقول هذا لمن أفنى عمره وضاع بصره في سبيل القراءة والدراسة المستمرة، عندما وقعت على العقد لم تتسنَ لي قراءة أي بند من البنود، فقد كانت الموظفة المسؤولة مستعجلة جداً ولم تسمح لي بأخذ نسخة منها، كما أن إجابتها الوحيدة على جميع تساؤلاتي كانت "لا أعرف".

تدخلت مرام وطلبت أن تلقي نظرة على كتاب قوانين الموارد البشرية الذي كان بيد الموظفة، رأيتها تقلب الصفحات ثم قالت:

- لا يا عزيزتي.. نحن نقرأ ونفهم ونطبق.. تذكري عزيزتي أنكِ تتحدثين إلى أطباء، حياتهم تمضي بين الدراسة والعمل، ولكننا لا نجد هذه القوانين عندما نبحث عنها.. ولا نعرف ما لنا وما علينا..

هزت هدى رأسها وقالت:

- هناك نسخة من هذا الكتاب عند مسؤولة شؤون الموظفين في المستشفى حيث تعملن..

ردت مرام بسخرية لاذعة:

- هي ذات الموظفة التي أخبرتنا بأمر نهاية الخدمة وهي تغطس البقصم في الشاي..

كان مضحك وصف مرام للموظفة البغيضة، ولكني لم أكن في مزاج يساعدني على الضحك، هل يعقل أني أخطأت؟ هناك الكثير من القوانين التي لا نعرف عنها، وتساءلت لماذا لا نملك نسخة من هذا الكتاب؟ ولماذا لم تسمح لي الموظفة بالاطلاع على بنود العقد؟ لماذا لم أصر على ذلك؟ كان ذلك خطأ فادحاً مني..

"كدمات متوالية "

أخذت هدى مني نسخة الرسائل الإلكترونية المتبادلة بيني وبين عدد من المسؤولين في مكتب إدارة المستشفى ومكتب شؤون الطلبة في أوروبا، وعدد من المستشفيات الجامعية في مختلف الدول، بعضها في الدول المجاورة ودول

أوروبية وكندا، كما أني أرفقت التقارير الطبية المتعلقة بحالة زوجي وتقرير وفاته، وأخبرتها بأنني كنت أتوقع المساعدة من د. مانع لكنه رفضها، وأخبرتها بالحوار الذي دار بيننا، ثم قالت وهي تتصفح الأوراق المطبوعة:

- دكتورة لماذا لم تستشيري أو تسألي أحداً؟

شعرت بأنني على وشك البكاء، ليس من العدل أن يحشرني الجميع في زاوية، حاولت دوماً أن أتحلى بالتفاؤل والإيجابية وأن أخفي ظروفي عن الجميع، ولكني أشعر بأن ألمي وحاجتي عارية، ولا أحد ينوي مساعدتي:

- والله العظيم سألت.. سألت د. مانع، ود. محمد، ود. لؤي، وسألت رئيسي المباشر، والمدير، مررت بكل المكاتب سواء كانت لهم علاقة أو لم تكن لهم علاقة بالموضوع، وكل موظف يعطيني كلاماً وقوانين مختلفة، د. لؤي أخذ رقمي منذ عدة أشهر ووعدني بأنه سيجد لي مقعداً دراسياً في كندا ولم أسمع منه بعد ذلك أبداً.. الجميع يعرفني عندما يحتاج وصفة طبية أو إجازة مرضية، ولكنهم يتنكرون لي عندما أحتاج مساعدتهم.. هذه الأوراق تثبت ما أقول، كما أنني قمت بتسجيل كل مكالماتي معهم..

كانت هدى مشغولة بتفحص الأوراق، ولكني انتزعت كامل انتباهها بمجرد أن سمعت كلمة تسجيل، رفعت رأسها ونظرت إليّ غير مصدقة، عندها شعرت ببعض القوة فأكملت حديثي بثقة أكبر..

- عندما سمعت بالخبر اتصلت بالدكتور محمد الذي رمى هاتفه على د. لؤي وتبادلا الهاتف وكأنه كرة مضرب وهذه المكالمة أيضاً مسجلة،

وهما يتظاهران بعدم علمهما بموضوعي، لقد كان القرار مذيلاً بتوقيعهما، رأيت ذلك بأم عيني عندما تكرمت علي مسؤولة شؤون الموظفين بإلقاء نظرة على القرار من بعيد، دون أن ألمسه.

أخيراً تنحنحت هدى وقالت:

- لا أظن الأمور ستصل إلى هذا الحد.. قد يتم استدعاؤك للتحقيق وربما يخصم جزء من راتبك كعقوبة..

تدخلت مرام بغضب:

- ولماذا تعاقب؟ إن كان المسؤول نصحها بعدم المباشرة، ورئيس الموارد البشرية في المستشفى حائر ولا يدري بالقوانين والموظفة المسؤولة عن البعثات الدراسية لا تعرف ما هي رسالة الانفكاك، ولا رسالة الابتعاث.. هل من العدل معاقبة الحلقة الأضعف، عندما يخفق موظفو الموارد البشرية..

كان صوت مرام مرتفعاً، وقد جذب انتباه بعض الفضوليين، لذا أشارت هدى لمرام أن تخفض صوتها:

- استهدي بالله يا دكتورة واشربي قهوتك، لابد من حل، ولكن فكري جيداً بالأمر، العقوبة أفضل من إنهاء الخدمات..

- بعد العقوبة هل يحق لها أن ترفع شكوى تظلم؟

تدرك مرام أننا لا نعيش في المدينة الفاضلة، لكنها مؤخراً أصبحت كثيرة الغضب والانفعال، بعد أن كانت رقيقة وخجولة، يظننا الجميع توأماً، وهي تتأثر بمن حولها، ربما لهذا السبب أخفيت عنها الكثير من مشاكلي عندما كنت في أوروبا، ولم أخبرها بالمشاكل التي واجهت زوجي خلال فترة سفري، لأنها تنفعل بشدة، هي اليوم غاضبة لكنها ستصاب بنوبة إحباط وبعدها اكتئاب، وكل هذا بالنيابة عني، إنها تفرط في مشاعرها وهذا قد يضرها، لمحتها تنظر إلي، يداي المتعرقتان ترتجفان بشدة، سَحَبت محرمة ورقية وأعطتني إياها، قرأت في ابتسامتها أن كل شي سيكون على ما يرام.

وعدتنا هدى هي الأخرى بإيجاد حل، وطلبت منا عدم تداول الموضوع أكثر، وأنها ستجتمع مع د. مانع وتتحدث إليه، وللأمانة كان هذا أكثر ما أرعبني، فمنذ تلك المقابلة وأنا ألقبه بمانع الخير لأنه يمنع كل خير من أن يمر من خلاله..

علمت فيما بعد من سكرتيرة المدير بأنه عاتب علي، فقد تعرض للتوبيخ من قبل د. محمد الذي ظن أنه حرضني على تسجيل جميع مكالماتي، لكنه لم يكن من علمني هذه الحيلة؛ بل كان طبيباً مخضرماً علمني ألا أثق بأحد من الإداريين أبداً، وألا أعتمد على وعود المسؤولين، فكل وعودهم مدهونة بزبدة تذوب ما أن تظهر عليها شمس الواقع، تابع المدير موضوعي بدقة وحرص على مساعدتي رغم أنه استغرق فترة طويلة ليعود الابتسام لي، ساعدتني هذه الأزمة على كشف معادن الكثير من الناس حولي .

مــــرام

قطة على صفيح ساخن

تقول لي د. وداد طبيبة الجروح المزمنة التي انضمت إلينا حديثاً.. إن التشاؤم والطيرة "لا تجوز فهي حرام".. أنا لست متشائمة.. ربما قليلاً.. حسناً أنا متشائمة كثيراً.. وخاصة في أيام مناوباتي.. وخاصة إذا صادفت مناوبتي يوم الثلاثاء.. وإذا بدأ يومي بعراك أو شجار مع إحدى بناتي فإن يومي يكون سيئاً.. سيئاً للغاية..

مضت سنوات على عودتي للعمل، ولكني ما زلت أصارع التوتر الذي يتصاعد في داخلي في كل مناوبة، وأشعر به مع كل نبضة تقرع في صدري الذي بدى وكأنه

ضاق جداً منذ آخر مرة تنفست فيها، أشعر بطعم المرارة في فمي، فلتمضِ الساعات أو ليتوقف الوقت تماماً لست أبالي، فالمهم عندي أن ينتهي هذا اليوم أو تقتلني عقارب الساعة، إما أن تنتهي المناوبة، أو لا تبدأ أبداً..

"أنا خائفة.. خائفة جداً.. لم أعد أريد أن أكون مسؤولة عن حياة شخص.. هذا حمل لا أطيقه.. لماذا عدت إلى هنا؟ لماذا أصبح الأمر أصعب؟ أليس من المفروض أن تسهل الأمور بالتعود والتكرار؟ "

في أيام المناوبات لا أبتعد كثيراً عن البيت، ولا أحب الزيارات، وأتجاهل تناول دوائي لأنه قد يسبب لي النعاس، لكن هذا لا يساعدني كثيراً في مسألة التوتر.. هاتفي لا يفارقني حتى في دورة المياه، ولا يمكن أن أضعه على وضع الصامت أبداً، أحاول تجنب أي علاج استرخاء أو علاجات البشرة كلها أيام المناوبة، لكن هذه المستحضرات الماكرة لا تظهر أمامي ولا أتذكرها إلا في أيام مناوبتي، من الطقوس التي يسخر منها زوجي هي أنني لا ارتدي البيجاما وقت النوم، ولا أستخدم أياً من الزيوت العطرية، وأرفض تماماً شاي الأعشاب، وتطبيق التأمل ممنوع بتاتاً ليلة المناوبة، كل حياتي تتأجل يوم المناوبة، رغم أن صديقتي حاولت مراراً أن تخبرني بأن الطيرة والتشاؤم حرام ولا يجوز، والأفكار السلبية ممنوعة، بيد أنها لا تنتظر إذناً فعلياً مني لتهاجمني .

اليوم مناوبتي الأولى في رمضان، والتغيير في ساعات الدوام مربك بعض الشيء ولكن لا بأس به، رغبت بأن أحضر العمليات الصغرى، وطلبت من ظبية أن تسمح لي بحضور العمليات، الأمر الذي أثار حفيظة الحيزبونة فتون التي أخذت على عاتقها ترتيب الجدول، متجاهلة أن الرئيس أوكل أمر جدول المهام لظبية، لكنها تحب أن تعطي نفسها الصلاحية بممارسة حقها بالتنمر الوظيفي علينا بعد ترقيتها إلى استشارية، وطبعاً لا يفوتها أن تدس كلمة أو

اثنتين باللغة الإيطالية لتثبت تفوقها علينا، بدأت تطن مثل ذبابة تطلق عبارات من المحادثات الإلكترونية، وتحرص على أن تشرك رئيس القسم الذي تناديه باسمه مجرداً دون أي ألقاب رسمية، في كل هذه المحادثات حتى تخيفني، نظرت إلى هاتفي الذي ازدحم باقتراحاتها، يا لها من بداية مشؤومة، إنها تحاول الاتصال بي، لكني لن أرد عليها، إذ أن مناوبتي لم تبدأ فعلياً، لن تتوقف وصاياها إن بدأت بالثرثرة، تغضبني عندما تعيد الجملة مرة واثنتين وثلاث وكأنها تتعامل مع طالبة أو طفلة، وأجدني أقاوم رغبتي بالصياح وتذكيرها بأنها كانت متدربة عندي قبل أن تحصل على شهادتها التي منحتها الحق بالتنمر علي، لكنني دربت دماغي على وضعها على نظام الصامت، بمجرد أن تبدأ بالحديث، وهذا يعني أن كل ما ستقوله بعد السلام سيكون بلغة الفضاء، وأنا بحاجة إلى الهدوء الداخلي لأتهيأ للمناوبة، خاصة أنني ألغيت جولة القهوة في رمضان، وهي من أهم طقوس الاستعداد ليوم المناوبة، لذا ركنت السيارة في مواقف المستشفى، وشغلت جهاز الراديو وسمعت تلاوة القرآن، سمحت لصوت الشيخ سعود الشريم أن يترسب إلى شقوق الخوف والقلق بداخلي ويسدها بالنور، آية تلو آية، نور على نور، وشعرت بالسلام يغمر روحي، تنفست الصعداء وكنت على وشك الترجل من السيارة عندما تلقيت اتصالا من قسم الطوارئ، ليخبرني الطبيب بوصول حالة ذات حروق بدرجات مختلفة، تغطي نسبة 30٪ من جسده، أنهيت المكالمة وأرسلت رسالة أخبر فيها زملائي بوجهتي، ثم نظرت إلى سجل المكالمات السابقة ووجهت كلامي لرقم فتون على الشاشة، رغم علمي بأن لا علاقة لها بالمريض..

- أرجو أن تكوني راضية الآن أيتها الحيزبونة الملعونة.. استغفر الله.. استغفر الله.. اللهم إني صائمة..

تصيب فتون حالة من الاستنفار إذا حاولنا المشاركة في العمليات الجراحية، خاصة إذا كان رئيس القسم موجوداً، وتحمل على عاتقها إشغالنا بطريقة ما، وإبعادنا بمكر عن غرفة العمليات، وبالطبع هذا لا يصل إلى مسامع رئيس القسم، بل توسوس له فتون بأننا متقاعسات.

كان مريضي شاباً من العمالة الآسيوية انسكب عليه الماء المغلي بينما كان يحضر طعامه، لم يكن سهلاً علي فهم ما يقول بسبب اختلاف اللغة، حاولت ظبية أن تعلمني الأوردو مراراً ولكني لم أتمكن من إتقانها، وبعد الكثير من الإشارات والإيماءات أنقذتني إحدى الممرضات بالترجمة، وجهت الممرضة بعمل الغيارات المطلوبة، وبعد أن تأكدت من تعويض مريضي بالسوائل وبدء مسكن الألم والأدوية اللازمة له، بدأت أجرى اتصالاتي لأدخل المريض إلى المستشفى للملاحظة، وكانت الصدمة بعدم وجود سرير شاغر، عندها تبدأ سلسلة الاتصالات بالمستشفيات والمراكز المجاورة، لنطلب منهم المساعدة، فتشعر أنك تتسول وتستجدي عطفهم ليستقبلوا مريضك المسكين..

جلست في مركز الاتصال أنظر إلى قائمة المستشفيات القريبة، ماذا عن مرضى العمليات المقررة للغد؟ سيكون علي أيضاً التواصل معهم لأعتذر عن قبولهم، كل منهم رتب مشاغله ومواعيده للعملية، لا بد أنهم سيصبون جام غضبهم علي الآن.. بدأت نوبة الذعر تدب فيّ، أكثر ما أكرهه في هذه الحياة الاتصال بأحدهم لطلب خدمة، ذكرت نفسي بأني لا أطلبها لنفسي بل للمريض، "مرام توقفي عن الهلع.. اتصلي بقسم الإدخال واستفسري منهم".

وضعت كل المشكلات أمامي لأبدأ حلها الواحدة تلو الأخرى، كما علمتني مدربتي..

- أولا مريضي المحروق.. "من أين سأجد له سريراً للإدخال؟ "

- مريض شد الأفخاذ.. "الله يهديه.. ما هذه بالعمليات التي يجب أن تجرى في رمضان والناس صيام"

- مريض شد البطن "تأجلت عمليته مرات عدة، يا ربي، لابد أنه سيغضب"

لماذا كل مرضاي رجال اليوم، من أين آتي لهم بالأسرّة؟ قررت أن أتصل برئيس القسم لأسأله عن الحل، رئيسي يبرع بتبسيط الأمور بشكل يجعلني أشعر دائماً بالغباء:

- أبلغي إدارة المستشفى ليتصرفوا، البحث عن سرير ليس مسؤوليتك، هذا عمل الإداريين، مهمتك وضع خطة العلاج..

"بحق الله يا د. عادل لماذا لم أفكر بهذا؟؟ نعم لأن الإداريين في الغالب لا يحلون المشاكل، بل يزيدونها تعقيداً" بالطبع لم أخبر رئيسي بما يدور بخاطري واكتفيت بالتمتمة:

- وماذا عن مرضى العمليات لقائمة الغد؟

- لكنه قاطعني بحزم:

- حاولي أولاً حل مشكلة مريض الحروق؛ فحالته طارئة ابدئي بترتيب الأولويات، ثم فكري بحل مشاكل باقي المرضى.. في أسوأ الأحوال يمكن تأجيل موعد العمليات لأنها تجميلية..

ليت رئيسي يعلم بمدى صعوبة ما يطلبه مني، لقد كان اتصالي به صعباً بما يكفي بالنسبة لي، فأنا أرتبك كثيراً، كما أني لا أنفك أشعر بأني أضيع وقته عندما أحدثه بمثل هذه المشكلات التي تبدو تافهة؛ ولكنها تستنزف الكثير من الطاقة والجهد والوقت، والإجراءات لا تكون بالسهولة التي يصورها لي، كما أنني لم أرغب أن يظن بأني أتهرب من المشاركة في غرفة العمليات، بعد أن طلب مني ذلك بنفسه، ولا أدري كم من السموم بثتها تلك الأفعى فتون في غيابي، التي أسرعت بأخذ مكاني كمساعد جراح لهذا اليوم..

لا فائدة ترجى من البكاء على الحليب المسكوب، أخذت نفساً عميقاً، وبدأت جولة الاتصالات مع دكتور عادل مسؤول لجنة إدارة شؤون المرضى في المستشفى، ولكنه لم يساعدني كثيراً، بل أدخلني في دوامة أخرى:

- نحن نعاني من ارتفاع عدد المرضى بالمقارنة مع عدد الأسرة المتوافرة، حاولي الاتصال بالمستشفيات المجاورة..

ترددت قليلاً، لكني فكرت بمريضي الذي أتحمل الآن مسؤوليته، ولا أملك خيار التردد:

- لدي اقتراح لو تسمح لي.. هل يمكن أن أنقل إحدى الحالات المستقرة من قسم الجراحة إلى قسم جراحة العظام لأتمكن من إدخال مريض الطوارئ؟

- لا.. لا.. حاولي نقل المريض لأحد المستشفيات المجاورة، وإذا لم تجدي مكاناً شاغراً، عندها سنفكر بنقل المرضى من قسم لآخر..

أبعدت السماعة عن أذني وقمت بتنظيفها، هل طلب مني نقل المريض إلى مستشفى آخر؟؟ بدل أن يفكر بنقل المرضى بين الأقسام؟ هل طلب حقاً أن أبدأ بالحل الأصعب قبل الأسهل، هل بات المنطق غير منطقي؟

- دكتور عفواً.. لا يبدو الأمر منطقياً..

- لا عليك.. حاولي فقط وإن شاء الله سوف تحل المشكلة..

أنهيت المكالمة وحيرتي زادت بدل أن تقل، تذكرت قصة الأسد والنملة، كثرة اللجان والإدارات لا تحل المشاكل، بل تعقدها وتدعو الله أن تحل المشكلة نفسها بدل أن تعمل على حل المشكلة فعلاً، لم يطلب الله منا أن ندعوه دون العمل، بل أمرنا بالأخذ بالأسباب ثم التوكل والاعتماد عليه.

أشعر أنني أواجه ثلاث مدافع وأنا عديمة الحيلة، أسندت رأسي على طاولة المكتب، إنها الساعة الحادية عشر صباحاً، ما يعنى أنني ما زلت في بداية مناوبتي، تتربص بي ساعات هذا اليوم، ولا أدري كم من المصائب ينتظرني خلالها، بدأ جوالي يرن بإلحاح، كان اتصالاً من المستشفى، هل كان علي أن أستحضر المصائب؟ الله يستر.. ضغطت زر الاستجابة دون أن أرفع رأسي، ليأتيني صوت الممرضة الهندية:

- دكتورة.. مريض عملية شد الأفخاذ للغد موجود.. هلا أدخلت طلب المضاد الحيوي؟

آه كم أحتاج قهوتي.. بدأ تأثير الصيام علي، لقد بدأت أهلوس "ما حاجة طلب المضاد الحيوي لمريض عملية الغد، كيف ستجرى العملية إن لم يكن هناك أسرة شاغرة؟" ما لم يكن.

سألت الممرضة بريبة دون أن أرفع رأسي:

- سيستر كيف دخل مريض العمليات؟ لقد أخبرتني بعدم توافر أسرة شاغرة...؟

- دكتورة.. لا تتوافر أسرة لمرضى إضافيين، لقد حجزنا سريرين لمرضاكم غداً..

رفعت رأسي دون أن أنتبه لشدة انفعالي فارتطم رأسي بحافة الرف..

"آااخ كم هذا موجع!! "

لكن الغضب بدأ يتصاعد بداخلي فأنساني ألم الضربة، ضربة أخرى توجعني بداخلي، يطلب منا رئيس القسم دوماً أن نعامل المرضي كما لو كانوا من أهلنا، لذا لم يكن من الصعب علي تخيل أن المريض الراقد في غرفة الطوارئ، والذي يتلوى من ألم الحروق هو أخي أو من أفراد عائلتي..

- هل تعنين أنكم رفضتم إدخال حالة طارئة لإدخال حالة تجميلية غير طارئة؟ أخبريني الآن كم سريراً عندكم فعلياً؟

- سريرين...؟ لكن قوانين المستشفى..

قاطعتها بغضب، عندما تذكرت الذل الذي شعرت به وأنا أتواصل مع المستشفيات المجاورة أستجدي سريراً لمريضي، وكل طبيب يحولني على الآخر..

- أدخلي مريض الطوارئ أولاً، ثم أحد مريضي العمليات الاختيارية، وحولي المريض الآخر عندما يأتي للعيادة، وسأتحدث أنا معه لأشرح له الموقف.. دعينا نحل مشكلة المريض المحروق أولاً..

كنت قد بدأت أشعر ببعض الارتياح، بعد أن أتممت إجراءات الدخول للمريضين، وتأكدت من استقرار حالة مريض الحروق، قبل أن يردني الاتصال التالي من مكتب إدخال المرضى، وصل مريض عملية شد البطن ولا توجد أسرة شاغرة، لم أملك سوى الابتسام، لقد حلت المشكلتين الأولى والثانية نفسيهما فعلاً وبقيت واحدة، لن يكون الموقف لطيفاً ولكنه بالتأكيد أفضل من معاناة مريض الحروق، توجهت إلى مكتب إدخال المرضى وأخبرت مريضي بما حدث، تفهم الوضع وتقبل التأجيل على مضض، ولم ينسَ أن يذكرني بأن عمليته تأجلت عدة مرات، فما الحل؟

- لا يمكنني أن أعدك بما لا أملك.. سيكون وعدي ناقصاً.. ما حدث اليوم قد يحدث في أي يوم آخر.. لكني سأخبر د. مروة بأن تحاول أن تجد لك موعداً قريباً..

غادر المريض وأنا أشعر بخيبة أمله، لا أستطيع أن أخبركم بأني كنت راضية جداً، لكن في الطب قد لا تكون هناك خيارات صحيحة، بل نضطر أحياناً لاختيار القرار الأقل ضرراً، وقد تمكنت على الأقل من إدخال حالة الحرق الطارئة، لم يكن الأمر اختيارياً ولا تجميلياً، فائزنا الوحيد في هذي المنافسة على أسرة المستشفى، هو مريض شد الأفخاذ الذي تعلم من درس سابق أن "الطائر الأول يفوز بالدودة ".

* * *

غيرت جدول مناوبتي بعد العيد وتبادلت المناوبة مع د. خالد لذا امتدت مناوبتي لنهاية الأسبوع، أوامر فتون لا تنتهي، هذا بالإضافة إلى وجود أربع حالات حروق جديدة، وحالتي حروق قديمة بانتظار عملية ترقيع الجلد، أحدهما حالته الصحية غير مستقرة، ونتوقع تأجيل عمليته بسبب ذلك، صدف أن مناوبة فتون لهذا الأسبوع تأتي قبل مناوبتي لنهاية الأسبوع وبعدها، وهي لا تريدني أن أترك أي عمل غير منجز لها، لأن مناوباتها غالباً ما تكون ثقيلة العيار، وكأن هذا خطأي..

- أعيدي تحاليل الدم لجميع المرضى صباح الأحد يا مرام

- مرام.. أطباء الباطنية غالباً ما يمرون على هذا المريض، لكن إن تأخروا اتصلي بهم وذكريهم..

- مرام.. نسيت أن أكتب الخطة العلاجية.. بصراحة.. أنا لا أعرف كيف أكتبها حتى لو أردت ذلك.. كل هذه التحديثات تربكني..

- مرام نسيت أيضاً أن أملأ استمارة الوقاية من الجلطة لمريض الأمس.. لا أدرى لماذا اتصلوا بنا فحروقه لا تتعدى ٧٪، لست متأكدة.. على أي حال أعيدي معاينة الإصابة اليوم.. وقومي بتعبئة الاستمارة لأني بصراحة لا أجيد هذه الخرابيط..

تمتمت بغضب وجهته لاسم فتون الظاهر على شاشة جوالي:

" هذا لأنك بقرة لا تجيد سوى إعطاء الأوامر.. استغفر الله.."

شعرت وكأني سندريلا هذا الصباح، بردت قهوتي قبل أن أستمتع برشفة منها، وأنا أحاول جاهدة تجاهل فتون، كيف يمضي الوقت بهذه السرعة؟ ركضت إلى غرفتي لأبدل ملابسي، سألني هيثم وهو ما يزال شبه نائم، مستمتعاً بإجازته، بينما أجري أنا في كل الاتجاهات مثل دجاجة بلا رأس..

- هل تحتاجين إلى مساعدة؟

- لم لا تكمل نومك؟ كم أحسدك على الإجازة...!

ضحكت لأبين له أنني أمزح، ولكن مزحتي كانت تحمل بعضاً من الحقيقة، أفكر كثيراً بترك العمل ولكنني لم أعد واثقةً في قدرتي على اتخاذ قرارات سليمة، جنون المناوبة خير من اكتئاب الفراغ وهواجس الفشل..

لكم أتمنى لو أن جوالي يتوقف عن الرنين كل خمس ثوانٍ، لقد بدأ يومي فعلاً بداية سيئة.. اتصال يتلو الآخر، وفي بعض الأحيان يردني اتصالان في الوقت ذاته، معظمها سخيف، ولكني لا أستطيع تجاهلها لأنها جميعاً من المستشفى، أتساءل لماذا يتصل الجميع من هاتف المركز، وكأن الطبيب المناوب لا هم له سوى الإجابة على أسئلة تخص مواعيد العيادة، أو تواجد الاستشاري، أو رسوم العمليات، ألا يدركون أن بعض الأطباء يعانون من القلق المرضي؟ وأن كل رنة هاتف تتسبب لهم بسكتة قلبية صغيرة؟؟

كان لطيفاً من ظبية ووداد مساعدتي في الجولة الصباحية، الحالات المرضية غالباً ما تردنا في مواسم، ولكن موسم حالات الحروق مستمر حتى بعد انقضاء شهر رمضان الذي ترافقه حالات حروق الإفطار، ورغم أننا ما نزال بعيدين عن الرحلات البرية في الشتاء، لكن أقسام المركز تعج بمرضى الحروق، اثنان منهما

يتلقيان العلاج في قسم العناية المركزة بسبب استنشاق الدخان، أملي أن تنقضي المناوبة دون أن أضطر إلى كتابة أي شهادات وفاة، كم ترعبني فكرة الموت، "التوبة.. التوبة يا رب" وحالة حروق عميقة ترقد في ضيافتنا منذ أربعة أسابيع، وفي المستشفى الآخر يرقد في ضيافتنا ثلاثة مراهقين أصيبوا بحالات حروق طفيفة في مغامرة لاستنشاق الغراء، عندما قرر أحدهم أن يزيد الطين بلة بأن يدخن سيجارة، ويجاورهم في العنبر عاملون آسيويّون مصابون بحروق عميقة بنسبة 20 و 40 بالمئة وكلاهما في حالة غير مستقرة، هذه المجموعة المتنوعة من الحالات كفيلة بجعلي في حالة استنفار قصوى حتى نهاية الأسبوع، هذا دون أن أذكر الحالات القادمة من قسم الطوارئ..

في زيارتي الماضية لطبيبتي النفسية، أخبرتني بأنني كثيرة القلق والتفكير، وهذا ليس في صالحي، إذ أعاني من الوسواس القهري، ومن الضروري أن أكسر حلقة التفكير خاصة لو وجدت نفسي أدور في ذات الدائرة، ولكن هذا صعب، لا سيما وأني برغم محاولاتي المتعددة بتغيير نظرتي، أجدني أقع في دوامة التشاؤم والسلبية، ويصدف أن تتحقق كل هواجسي ومخاوفي، ولا يساعدني إهمالي لأدويتي وربما هذا يزيد من حالة التوتر والاستنفار لدي، الأمر الذي يجعلني نزقة وعصبية جداً.. "مثل قطة على صفيح ساخن".

أتساءل كيف يتصرف الأطباء في مراكز الحروق الكبيرة، أعني كيف يمكن لطبيب واحد أن يكون مسؤولاً عن ثمانية مرضى حروق، ناهيك عن حالات ما بعد العمليات، وهؤلاء غالباً ما يتصرفون وكأنهم نزلاء في فندق، لهم مطالبهم التي تبدو تافهة بالمقارنة مع الحروق، ولن يكون لائقاً بأي شكل أن تشرح لهم عدم حاجتهم للبقاء في المستشفى، فتجدهم وغالبيتهم من النساء يبدأن بالتذمر والشكوى، ومن يلومهن فالعملية الجراحية تبقى عملية حتى وإن كانت تجميلية.

سرطان الواسطة

اتصلت بي ممرضة القسم ليلاً لتخبرني برغبة المريضة بالتحدث إلي، وما أن استلمت المريضة السماعة حتى انهالت علي بالعتاب..

- دكتورة.. الله يسامحك.. كيف تقولين لي إنكم لا تجرون عمليات تكبير الثدي؟ وجارتي في القسم تقول بأنكم ستجرون لها عملية التكبير؟ يعني لازم واسطة؟

اللعنة على هذه الكلمة "واسطة"، إن أكثر ما يغضبني في هذه العبارة، هو أننا فعلا نضع القوانين ثم يأتي أحدهم ويضرب بها عرض الحائط، وقد مارست المريضة الأخرى هذه السلطة علينا، ولكنها لم تكتفِ بكسر القوانين بل تتبجح بذلك أمام المرضى الآخرين، استجمعتُ طاقتي وهدوئي وحاولت أن أخاطبها بعقلانية:

- حبيبتي اسمعيني وركزي في كلامي.. أنت لست بحاجة إلى تكبير للثدي لأن حجمه مناسب، و...؟

- صحيح ولكن.. ليش التفرقة؟ لماذا توجد ازدواجية في القوانين؟

الصداع المزعج من جديد، جاء مع تذكري لموقفي مع المريضة الأخرى، (التي أرغب جداً بتسميتها "واسطة") لقد عاينت "واسطة" في العيادة، وأخبرتها بأنها لا تحتاج إلى التكبير، ولكن صديقاتها "اللا طبيبات" أقنعنها بضرورة التكبير، فهي في كل الأحوال ستجري العملية، ومكالمة من هنا، وواسطة لعينة من هناك، تمكَّنت من إقناع الاستشاري بالتجاوز عن القانون بحكم معارفها. أشعر بالعجز كثيراً أمام موضوع الواسطة، ولكني ما أزال على الأقل أملك الصلاحية بإسداء النصيحة، وللمريضة الحق في قبولها أوتركها:

- إن كنت تثقين بي وبرأيي كأخت وطبيبة خذي بنصيحتي: أنت تريدين التخلص من الترهل ولا تحتاجين إلى تكبير.. لا تلهثي وراء الموضة.. "إذا فلانة سوت أنا بعد بسوي"..

في اليوم التالية دخلت المريضتان غرفة العمليات، الأولى مرت عمليتها بسهولة ويسر وسلامة خلال ساعة ونصف، بينما تعسرت عملية "الواسطة"

واستغرقت خمس ساعات، بسبب المضاعفات.. كانت رحلة التعافي لمريضتي الأولى سلسة وبدون أي مضاعفات، وليتني أستطيع أن أقول أن تعافي "واسطة" كان مماثلاً، فأي طبيب لا يتمنى للمرضى سوى التعافي، ولكنها لم تكن كذلك، فقد استمرت "واسطة" بالتردد على عيادتنا كيفما شاءت ووقتما شاءت، لكن جرحها لم يلتئم، بل احتاجت أن تدخل غرفة العمليات للمرة الثانية لتزيل السيليكون، والأنسجة المتضررة بسبب التكبير، وبالطبع صبت جام غضبها عليّ في إحدى زياراتها، حتى عندما رفضت المساعدة في أي من عملياتها لعدم اقتناعي بها.

- لقد تسببتم لي بتشوه وعاهة.. أقسم بالله إني لن أرحمكم.. أنتم لستم أطباء بل جزارين ومجرمين..

وددت لو أن تنشق الأرض وتبتلعني، عندما أمر بهذه المواقف أتمنى أن تكون أمي معي، حتى ترى بنفسها كيف تتم معاملة الطبيب، في كل مرة كنت أتذمر من وضعي كانت تقول لي بأن"الطب مهنة سامية" ولكني أظنها تقصد أنها "سامة"، لم يكن من السهل أبداً أن أبقى في الغرفة، وأنا أسمع واسطة تطلق إهاناتها واتهاماتها لنا الواحدة تلو الأخرى، لكنها لسبب ما تغفل عن ذكر دورها في معاناتها، وأنها لم تتبع أي نصيحة من نصائحنا، من السهل جداً إلقاء اللوم على الآخرين، حتى عندما يعلم المرء في قرارة نفسه أنه لا يحصد إلا ما زرع.

كرهت كل ثانية أمضيها في غرفة المعاينة، ورائحة الأنسجة الميتة لا تحسن الوضع أبداً، أنظر إلى ملابسها فأجدها من أغلى الماركات، وتذكرت مقولة جبران خليل جبران "لا تجعل ثيابك أغلى شيء فيك" الاستشاري يسهب في الشرح، لكن المريضة بالكاد تسمعه لأنها مشغولة بإطلاق الشتائم والتهديدات، لم أعد أحتمل أسلوبها المستفز، لكن واجبي أن أرافق الاستشاري

حتى يفرغ من معاينتها بسبب النظام المتبع ، وأخيراً أنقذتني الممرضة بأن أخذت مكاني، كان هاتفي يرن بإلحاح، فغادرت الغرفة ممتنة لاتصال رئيس القسم الذي أراد أن يستفسر عن حالة المريضة، أخبرته بنتائج الفحص وأن الاستشاري يعاينها:

- إن شاء الله خير دكتور.. بس هي كانت معصـ.. لا يحق لها..

تحشرج صوتي واندفعت دموع القهر مني قبل أن أسيطر عليها.. ما أن تبدأ الدموع لن تتوقف

ارتبك د. عادل بسبب انفعالي، وحاول تهدئتي:

- د. مرام استهدي بالله.. لا يجب أن تبكيك هذه المواقف.. أنت تعلمين أن صاحب الحاجة لحوح، الموضوع لا يستحق كل هذا العناء..

لم تكن دموع القهر لتخضع لسيطرتي، أي حق تملك هذه المريضة أوغيرها لتصرخ علي، أو تعاملني بازدراء أو تعالٍ، عبثاً توسلت دموعي أن تتوقف فالجميع ينظر إلي، "ها هي الدموع بدأت.. لن تتوقف"

الأستاذ غيث مدير العلاقات العامة هنا مع صديقه.. كلاهما يسأل.. "دكتورة ما الأمر؟"

أهرب إلى المكتب.. د. خالد هناك.. "سينباي يو.. إيش اللي صاير؟"

الممرضات يتسابقن ليعرفن لماذا تبكي د. مرام..

لماذا يستمر الجميع بالسؤال عما هو واضح: أنا أبكي لأنني متضايقة؟ "اتركوني وشأني"

"غضب وقهر وإحراج.."

تدخلت طبية أخيراً لإنقاذي، سمحت لها أن تقودني إلى الاستراحة وتغلق الباب وراءها، وقفت طبية أمام الزجاج لتمنع العيون الفضولية من استراق نظرة خاطفة على الطبيبة الباكية، كانت هي الوحيدة التي لم تسألني، لم تكن بحاجة لذلك فهي تعرفني مثل باطن كفها، فقط ناولتني زجاجة ماء بارد وعلبة مناديل وأخذت تمازحني حتى ابتسمت أخيراً.. عندها تركتني وعادت إلى معركتها الخاصة في قسم الطوارئ، لم أرغب في العودة إلى المكتب، لذا جلست على دكة المدخنين، وسرحت بفكري في أعقاب السجائر الصغيرة أعدها، عندما جلس بقربي د. خالد:

- سينباي.. هل تشعرين بتحسن الآن؟

- أنا طبيبة أكره التعامل مع البشر.. لا أدري لماذا عدت للعمل، ترى هل كانت أمي سترضى لو كنت أعمل طبيبة بيطرية؟ ما زلت سأحمل حرف الدال المبجل أمام اسمي وسأرتدي المعطف الأبيض.

كان د. خالد يستمع إلي بصمت، أكملت وأنا شاردة الذهن:

- إحدى زميلات الكلية كانت تسمي المعطف الأبيض بالكفن..

- لكن سينباي، الطب البيطري ليس حلا، ما زلت ستضطرين للتعامل مع

أصحاب الحيوانات، وهم في الغالب لا يختلفون كثيراً عن زبائننا الكرام..

- تباً.. لم أفكر بذلك.. إذا لا مفر لي من التعامل مع البشر..

أشعل سيجارته وقال:

- لا راحة للأشقياء سينباي.. أنتِ بحاجة إلى القيام بشيء مختلف.. أنت مبدعة ولكنك تائهة.. تحاولين إرضاء الجميع.. يجب أن تتعلمي أن تقولي "لا" للأمور التي لا تريدين القيام بها..

تنهدت:

- لكنني رفضت بالفعل مقابلة هذه المريضة، ثم اتصل بي د. لأقبلها.. وكما تعلم اليوم أنا الطبيبة الأنثى الوحيدة في هذه العيادة المشؤومة..

- أحياناً نوضع في مواقف لا نحسد عليها.. توضع القوانين ثم هناك دائما من يتجاوزونها..

- تعني أنهم يعزفون لحناً وهم يرقصون..

ضحك:

- لا شكراً.. لا أريد أن أتخيل رئيس قسمي يرقص..

ثم أضاف بجدية:

- سينباي.. أنت بحاجة لتغيير نفسيتك.. خذي إجازة وافعلي شيئاً مختلفاً.. قد تنهارين فجأة لو استمريت بالضغط على نفسك، وربما تتركين العمل مرة أخرى..

تنهدت وأخبرت د. خالد بأني فعلاً ضقت ذرعاً بالوضع:

- لست بعيدة جداً عن قرار كهذا.. ظروف العمل غير جيدة، ولا يوجد أي محفزات، سوى الكثير من الشعارات، ولكن في الواقع هذه الشعارات لا تسمن من جوع ولا تغني من خوف، ولا تضمن حياة كريمة للطبيب، ناهيك عن المتربصين بالأخطاء..

مع الوقت استغلظ جلدي، ولم أعد خائفة من أن أفقد وظيفتي أو أن يتدنى مستوى أدائي السنوي، فلن أحصل على تلك الترقية المستحيلة مهما فعلت ومهما اجتهدت، قد يقول بعض من يعيش في مثالية زائدة أن الترقية لا يجب أن تكون هدفاً، وأن العمل الإنساني أرفع وأسمى من التفكير بالماديات، ولكني أرى المبالغ التي تهدر على أمور لا قيمة لها فقط للتباهي، كما أني لا أملك إلا أن أشعر بالحنق والغضب عندما اجتمعت بأحد الخبراء الذي يحصل على مكافأة توازي راتبي لشهرين مقابل زيارته لمدة أسبوع، في الوقت الذي يتم رفض استحداث درجة تغطي تخصص الجروح المزمنة بعد أن درست هذا التخصص، بينما يفرض علي التعامل مع هذا المدعو خبيراً والذي لا أجده يفرق عني بالخبرة، بل على العكس خبرتنا ومهاراتنا أنا وزميلتي ظبية ود. وداد تفوقه، بدليل أننا كنا نصحح أخطاءه التشخيصية في عدد من الحالات، كم أكره هذا الشعور بالغيرة وقلة الحيلة، وعلى ذكر احترام الطبيب لقد كان هذا فعلاً من الماضي، أما الآن نرى من يشتم ويسب الطبيب، وهناك من يتطاول باليد، لذا حباً بالله، بدلاً من الشعارات الفارغة وددت لو تتحسن أوضاع الأطباء، وخاصة الطبيبات،

اللاتي علقن مثلي بين مطرقة الظروف الاجتماعية والقوانين.. "الشعارات لا تطبب الجروح".

مرت أيام عدة على ذلك الموقف المزعج مع المريضة "واسطة"، ولكني طلبت من مروة أن تعفيني من مسؤولية التعامل معها مجدداً، وبينما كنت أكتب الملاحظات، وبسرية أبحث عن وظيفة بديلة أومخرج، دخلت ظبية ومعها امرأة لطيفة وهي تقول..

- فديتكن بناتي، والله كم يسوى أشوف دكاترة من بناتنا.. أنتن فخرنا وسترنا..

تقدمت نحونا وبدأت بضمنا وتقبيلنا، شعرت بسعادة غامرة وفخر شديد، سمعتها تخبر ظبية بأنها ستحضر لها برقعاً من مدينتها وشرعت تشرح لها أنواعه ودلالاته، أخبرتنا كم تغيرت معايير الجمال الآن عن السابق، ولكن لا جمال يغلب الحياء، كنت سعيدة بالحديث معها، أخبرتنا بأنها أم لخمس بنات وأننا نذكرها ببناتها، زوجها تزوج بأخرى ولكنه لا يصبر عن طباخها اللذيذ وأننا جميعاً مدعوون لجلسة عصرية في منزلها..

"الطيب يغلب الطبيب"

حوارنا القصير انتهى عندما طلبتني ممرضة لأعاين مريضتي التي أجرت عملية شد البطن منذ شهر، كان جرحها ملتئماً.. وكل ما علي فعله هو إزالة بقايا القطب..

- ما شاء الله الجرح نظيف والندبة بالكاد ترى..

- ها يا دكتوره متى نبدأ علاج الليزر للجرح؟

أغلب المرضى يدخلون العيادة وخطة علاجهم يضعها "أصدقاؤهم خبراء التجميل، خريجو جامعات وسائل التواصل الاجتماعي" أخبرتها بأن حالتها لا تحتاج علاج الليزر، لكنها لم تقتنع بكلامي وعاجلتني بصيغة الأمر:

- شوفي عاد إما تسوون شغلكم عدل والا ما تسوون أحسن..

تسمرت يدي وأنا أزيل بعض القطب على جانبي الجرح، يصعب عليّ فهم أسلوب بعض المرضى، صيغة الأمر، والاستحقاق المبالغ فيه قد يصل إلى حد التعالي والغرور.

- شوفي دكتورة ليش ما تسوون شغلكم مضبوط مثل تايلند، أختي سوت عندهم، الجرح أبداً ما يبين.. لو عندي فلوس جان سافرت وسويتها هناك..

المقارنة غير العادلة بتاتاً، أكملت تعقيم أدواتي بصمت، مرت عدة لحظات قبل أن تلحظ المريضة أنني توقفت نهائيا عن الكلام، بعد أن كنت أسولف معها، يتزايد الغضب بداخلي ممتزجاً بالقهر وإحساس شديد بالإهانة، مريض يداوي وآخر يجرح، من الجيد أنها تمكنت من قراءة الوضع وأسرعت بالاعتذار:

- دكتورة.. هل ضايقك كلامي؟ ليس قصدي أن أهينك أو أجرحك، بس أنا اللي ف قلبي ع لساني.. ما كان قصدي أنتقص من عملكم.. والله ما كان قصدي.

جعلت تركيزي كاملاً على وضع الشفرات في صندوق التخلص من النفايات الحادة، وشغلت نفسي بتنظيف عربة الغيارات، لقد زادت حساسيتي مؤخراً، وقد أصبحت سريعة التأثر والبكاء، "إذا بدأت الدموع فلن تتوقف"، من المؤلم أن تفعل كل ما بوسعك وتبذل أفضل ما يمكنك القيام به ومن ثم يتهمونك بالتقصير، مراراً وتكراراً.. "أشعر أنني أحترق وأني شارفت على الانهيار.. ورغم انشغالي الدائم إلا أنني لا أرى أي نتيجة، ولا أحصل أبداً على أي نوع من التقدير، سواء أكان معنوياً أومادياً.. هل أنا فاشلة فعلاً؟

- والله دكتورة أنا آسفة

لوحت لها بهدوء لتتوقف..

- لا تعتذري عزيزتي.. هناك مريض ينتظرني.. هذه ورقة الموعد إذا احتجت أي شيء.. وهذا مرهم علاج الندبات.. جرحك نظيف وملتئم، والأثر ممتاز، ولا خوف من تكون ندبة في الجرح.. حمداً لله على السلامة.

ناولتها ورقة الموعد وورقة مرهم الندبات، ليتهم يرون حالات الجروح الملتهبة التي تردنا بعد عمليات الخارج، بالطبع لا أحد يذكر المضاعفات إلا إن كانت محلية..

تركت الغرفة ولكن الندبات تملأ روحي

مريضة تدفع مريضة أخرى وتنطلق إلى داخل العيادة محدثه الفوضى.. أجساد مجملة وأرواح قبيحة

طلب التقدم لبرنامج الزمالة العربي "مرفوض".. جرح مزمن

مريض مدمن يدخل العيادة مع صديقه وعندما رفضت الطبيبة وصف الدواء المخدر انطلق لسانه بأسوأ الشتائم التي عرفها الإنسان حرق بمادة كاوية

مريضة أخرى تتقدم بشكوى بسبب بُعد المواعيد.. جرح

تغيير في النظام في الجهاز الآلي.. معركة دائمة

ظبية

2016

يقولـون انتظـار الشر أسـوأ من وقوعـه، وانتظار الخير أجمل من حدوثه، لم أعـرف إن كـان التحقيـق خيراً أم شراً، لكنـه حـدث سريعاً، سـألتني مديرة اللجنة بعـد أن قرأت ملفي:

- لماذا عدت من أوروبا ولم تكملي الدراسة هناك...؟

أصبح الأمر مملاً، وبقدر ما كررت القصة على مسامع الجميع، أصبحت ألغي بعض التفاصيل، لكن هذه المرة الوضع كان مختلفاً، كل موقف مهم، كل قرار مهم، وكل دقيقة أمضيتها وأنا أتنقل بين المكاتب مهمة، والساعات التي أمضيتها في انتظار د. مانع، قبل أن تسوق لي سكرتيرته الحجج والأعذار، في الوقت الذي ألمحه يخرج من باب خلفي هارباً من مقابلتي، كلها تفاصيل مهمة من عمري الذي استنزفه هذه الأنظمة..

- هل سافرتِ للدراسة على حسابك الخاص؟

- هذا صحيح.. رغم أن زوجي مريض ولا يعمل، المنحة كانت تشمل دراسة اللغة فقط، بسبب الاتفاقية السابقة التي تنص على أن الأطباء المبتعثين يتسلمون رواتبهم من دولهم، ولكن اختلف الوضع بعد أن طبق قرار الدفع وحيث أن راتبي لا يكفي، ولا تقبل الدفعات من الأفراد قررت العودة..

عاودت مديرة اللجنة البحث في أوراقي، ثم قالت بهدوء:

- تبدين لي ناضجة، لكن بصراحة عندما وردني اسمك وسبب استدعائك للتحقيق ظننتك من المستهترين.

كنت أنظر إلى يدي المتعرقتين ثم إلى عباءتها الفريدة والأنيقة لابد أنها تساوي ثروة، ذوقها يشبه ذوق مرام، لوكنت مستهترة لأنفقت راتبي في شراء ملابس كهذه، أو ربما مثل هذا الساعة في يدها التي تساوي راتبي لمدة ثلاثة أشهر أو ربما أربعة، ترى كم تساوي هذا السلاسل والأساور التي بيدها،

سأسأل مرام فيما بعد، هذا إن تذكرت ذلك، استجمعت غضبي وإحباطاتي المتكررة، وخرج سيل الكلمات من شفتي حارقاً غاضباً..

- أستاذة.. عندما ظهرت الموافقة على إجازتي الدراسية، كنت ما أزال في إجازة الوضع.. تركت رضيعي مع والدتي وسافرت، لم أتغيب عن المعهد سوى يوم واحد لإجراء مقابلة اضطررت للسفر لأجلها ست ساعات بالقطار من المدينة التي أسكنها حيث معهد اللغة إلى مدينة أخرى، لم يكن معي ثمن وجبة أكلها، فدسست كيساً من الخبز ومكعبات الجبن في حقيبة يدي، لأقابل بروفيسوراً عنصرياً رفض النظر إلي حتى، وبعد أن تسلى بالتلاعب بي بين غرفة العمليات والجولة الصباحية أرسل إليّ السكرتيرة لتخبرني بطريقة غير مباشرة أنني غير مرحب بي، وعدت من حيث أتيت لأجد مدرسة اللغة احتسبتني غياباً في ذلك اليوم اللعين.. اضطررنا لبيع سيارة زوجي حتى أتمكن من إيداع المبلغ في "حساب تأمين الطالب الإلزامي" حسب القوانين.. معظم زملائي المبتعثين كانوا يحضرون الولائم والاحتفالات، بينما كنت أنا أمضي وقتي في دراسة اللغة الطبية حتى أتمكن من العودة سريعاً لأبنائي وزوجي.. الذي ما لبث أن فارق الحياة... لا.. يا أستاذة.. أنا لم أكن مستهترة أبداً..

ثم أشرت إلى الموظف الذي كان يشغل نفسه بالبحث في الأوراق:

- بإمكانك أن تسألي سعيد الذي يتصرف الآن وكأنه لم يعرفني قبل اليوم، كيف كنت أناوب في قسم الجراحة وقسم الطوارئ...؟

كان سعيد يتظاهر بالجدية والصرامة وهو يقلب الأوراق، لقد تغير كثيراً عن سعيد الذي كان يعمل معنا في المركز، رأيت وجهه يتلون بألوان الطيف قبل أن

يتمكن أخيراً من القول:

- فعلاً د. ظبية مجتهدة ومن أحسن الطبيبات في المركز..

رتبت مديرة اللجنة التي تصغرني ربما بخمس أوست سنوات أوراقها في ملفها الجلدي الأنيق بعناية، ثم نظرت إلي وابتسمت:

- شكراً لك دكتورة.. بإمكانك الانصراف الآن وستبلغك مسؤولة شؤون الموظفين بالقرار..

غادرت اللجنة وأنا أفكر، سافرت بأفكاري إلى المستشفى الأوروبي الذي بدأت التدريب فيه يذكرني بسجون الحرب العالمية، لو كانت مرام هنا لأخبرتني بأن كل شيء سيكون على ما يرام، كنت أضغط على نفسي حتى لا أنهار بسبب الوحدة والغربة، وقلقي المستمر على زوجي وأبنائي، كان شعوري بالذنب يلتهمني، وما كنت قادرة على إخبار أحد بوضعي، ماذا كان بيدي أن افعل، كنت حائرة ووحيدة، لا أعرف كيف يمكنني أن أتصرف، وبفضل الله خرجت من خطر إنهاء الخدمة، ولكن بعد التحقيق لم استطع الشعور بالسعادة كاملة، بل كان يشغل بالي سؤال: هل سأظل للأبد حائرة ومصيري يتحكم به أشخاص يملون علينا القوانين التي تناسبهم؟

لا تفارقني صورة صديقتي لمياء بعد أن تحولت إلى شبح للمياء القديمة، لا تدري إن كانت ستتمكن يوماً من الحصول على التخصص، ولكن ما هو الثمن الذي دفعته للتخصص؟ بعد عشر سنوات بدأت الإشاعات والأسئلة تتطاير، وبات اسمها وحده يثير الارتباك في المكتب الرئيس لإدارة المستشفى، هل من المعقول أن خبر مرضها لم يصل إليهم، مرام تصارع الاكتئاب والتوتر ولا

أدري كم ستستمر في العمل، لقد استقالت مرة ولا أظنها بعيدة جداً عن معاودة التفكير بالاستقالة مجدداً، لولا الديون التي عليها سدادها ما كانت لتتردد في اتخاذ هذا القرار، أنا متعبة من الجري في كل الاتجاهات لكني لا أصل أبدًا، منذ أيام دُعيت إلى حفل اجتماع خريجي جامعتي، أغلب طلاب دفعتي وصلوا إلى مراكز مرموقة أو في طريقهم للنجاح، ليتني أستطيع قول الأمر ذاته عن نفسي، ما زلت أحمل بطاقة عمل "طبيب مبتدئ"، سافرت مع د. رضوان لحضور برنامج تدريبي، وعدنا بالشهادة ذاتها، لكن الدرجة حسبت لي حضور مؤتمر، بينما احتسبت له شهادة دبلوم تخصصي ساعدته في الحصول على درجة أخصائي، دكتورة تعمل في قسم الجراحة تصغرني بدفعتين، أكملت برنامج التخصص واليوم تصلني دعوة لحضور مأدبة غداء بمناسبة حصولها على درجة استشاري، قد أضحك وأمزح كثيراً أمام الجميع، لكنني في الواقع متعبة جداً من المسؤوليات التي أحملها على عاتقي..

مـــرام

لا بر ولا بحر

عشر سنوات مضت منذ أن رأيتها آخر مرة، بعد أن سافرت لتكمل دراستها، وفي خضم ذلك خسرت لمياء الكثير، أكثر مما يمكن للدرجة أو الترقية أن تعوضه، وبقدر ما خسرت بقدر ما كسبت، فهي اليوم أقوى بكثير مما كنت أذكر، وغاضبة أكثر مما كنت أتصور.

تساءلت وأنا أحاول عبثاً أن أنام ولكن غضب لمياء لا يفارقني، لمياء الهادئة مثل عصفور رقيق تحولت إلى إنسانة غاضبة ومريرة، وقد خسرت الكثير من

وزنها، استرجعت ما قالته بألم في آخر لقاء لنا:

"الغربة أخذت مني الكثير، ولكني لن أسمح لهم بأن يسلبوني حقي في استلام شهادتي التي دفعت ثمنها من صحتي وجسدي".

عندما تخرجت من كلية الطب كان السفر للخارج حلماً جميلاً، طموح كل طبيبة، واليوم أرى كل صديقاتي اللاتي سافرن للدراسة يعانين الأمرين، ظبية عادت بعد سنتين، استطاعت بسهولة أن تجتاز اختبار اللغة، لكن شاء القدر بأن تتبدل القوانين في الدولة التي قررت الدراسة فيها،، لذا عادت طبيبتنا تحمل شهادة اللغة واللغة الطبية التي أشك كثيراً أنها ستفيدها هنا. والكثير من خيبة الأمل.

أما "لمياء "فقد انتقلت هي وزوجها بين ليلة وضحاها إلى مدينة أخرى لما يبدأ تطبيق نظام الدفع فيها، كافحت لمياء كثيراً وفي بعض الأحيان كانت تمضي شهوراً في مكان، وزوجها في مكان آخر لأن القانون لا يسمح بعمل الزوجين في نفس المستشفى، لذلك أمضيا سنوات عدة في التنقل بين المدن قبل أن تكتشف إصابتها بالسرطان..

أمضت "لمياء" ليالٍ طويلة وحيدة تبكي في الغربة، بين عملية استئصال الورم، وجلسات العلاج الكيميائي كانت تجد بعض الوقت لتشكو همها وحزنها لظبية لأنها وحدها تعلم بمعاناتها في أوروبا..

عندما أنهت "لمياء" رحلتها الطويلة مع العلاج الكيميائي ظنت بأن مشاكلها الصحية قد انتهت، ولم يخطر ببالها تأثير العلاج على صحتها..

واليوم ترفض إدارة المستشفى إعطاء لمياء رسالة رسمية تشهد بالسنوات العشر التي عملت فيها طبيبة تجميل، وعندما يأتي ذكرها تجد الموظفين يرتعدون كمن لدغته أفعى، ثم يأتي الرد بهمهمات لا يفهمها أحد..

اتصلت بي ظبية عصر يومٍ لتخبرني بأنها تلقت اتصالاً من "لمياء" وهي تحتاج ورقة من الموارد البشرية عن سنوات الخبرة، وعندما دخلنا أنا وظبية إلى مسؤولة الموارد البشرية في المستشفى.. لم ترفع ناظرها إلينا، كان من الواضح أنها مشغولة جداً بتغطيس "البقصم" في الشاي بالحليب..

قولي لها لا بر ولا بحر، خش.. خش.. خش.. هي أصلا منقطعة عن العمل من سنين.. خش.. خش.. خش.. قولي لها انتي يا ماما "تفنيش".

هل تعاني هذه الموظفة من عقدة نقص تجاه الأطباء؟ أم أنها تستمتع بـ"تفنيش" الأطباء؟ كانت لمياء تقول دوماً وهي تصف موظفات المركز بأن سيماهم في وجوههم، وبّخت نفسي وقررت التركيز على مساندة صديقتي المغتربة، وكأني أعيش مجدداً أزمة ظبية مع صديقة أخرى، كل ما طلبته هو "ورقة رسمية من المركز" تشهد بالسنوات التي عملت فيها طبيبة جراحة تجميل، لتتمكن من تمديد إجازتها الدراسية؟"

لماذا بعد كل هذا العناء وكل هذه المآسي يقابل طلبها بصوت تهشم البقصم "لا بر ولا بحر "

حباً بالله.. ماذا تعني هذي العبارة؟.. "لا بر ولا بحر" كلما طرقنا باباً أُغلق بطريقة أوبأخرى بحجة اللوائح والقوانين، من يضع هذه القوانين؟ من يتحكم بمصير الأطباء؟ ولماذا لا يسمح لنا بالاطلاع على هذه اللوائح...؟ أسئلة كثيرة

تؤرقني عن مصيري ومصير الكثير من زميلاتي الطبيبات، إنه المستقبل المخيف الذي ينتظرني رمادياً رتيباً كئيباً، ثم تنزف في البحر الرمادي ألوان النظام "نيلي.. أخضر.. بنفسجي"

تقييم الأداء الوظيفي للأطباء.. لا أدري ما الفائدة المرجوة منه إن كانت النتيجة معروفة.. مهما كان تقييمي لأدائي ومهما اعترف رئيسي بكفاءتي، فإن نقاطي ستخصم تلقائياً بسبب لا أستطيع فهمه، ولذلك لا أستطيع تقبله..

" لا بر ولا بحر"

تقييم البيانات الموثقة..

تقييم.. تقييم.. تقييم

ماذا عن تقييمي أنا لنفسي وحياتي؟

بوم.. بوم.. بوم.. بووم.. بوم.. بووم..

أفزعني الاضطراب في نبضاتي مرة أخرى، من السرير مبللة بالعرق.. أنفاسي متلاحقة ولكنها قصيرة.. أفتح الدرج الثاني من منضدة السرير "أين علبة الدواء؟"

طبيبتي النفسية تقول" تناولي نصف قرص إذا أحسست بالتوتر".

سعود ابن ظبية يقول "الكلام أفضل من الأقراص يا عمة مرام"

لكني أعجز عن الكلام وماذا سأقول؟ هل أعترف لهم أني مصابة بالوسواس القهري والاكتئاب، ومع من أتكلم؟ وما هو سبب إصابتي بفرط التوتر؟

صوت سعود يتردد في ذهني عندما تكلم عبر الهاتف

- -"هناك الكثير من المعالجين النفسيين يا عمة مرام، بعضهم يعالج بالأدوية والبعض يعالج بالكلام.. الكلام أفضل من الدواء يا عمة مرام..

لماذا يدرس طفل عن العلاج النفسي والاكتئاب على أية حال؟

ولمن سأتكلم؟

هيثم؟ مشغول بمشروعه الجديد، ثم أنني أثقلت كاهله بما يكفي ولا أريد أن أضيف المزيد..

أمي...؟ ألم أكبر على الهرب والشكوى لأمي..

ظبية...؟ تتحمل وحدها أضعاف ما أتحمله ولا أراها تشكو.. من المخجل أن أتذمر بأن حياتي صعبة مقارنة بالصعاب التي تواجهها.. ولكن دماغي لا يسكت وقلبي يرتجف.. مم أنا خائفة؟ إنه اللون الرمادي الذي ينتظرني في نهاية المطاف، ترتجف يدي وهي تفتح علبة الدواء.. نصف قرص لا يكفي سآخذ قرصاً كاملاً..

مشكلتي مع فرط التوتر بدأت بسبب رغبتي المفرطة بنيل رضى الجميع، وبمساعدة هيثم بدأت العلاج الذي استمر لعدة أشهر تعافيت بعدها تماماً، قبل أن يغزو عقولنا سرطان الاعتماد الدولي..

نيلي.. أخضر.. بنفسجي

تقييم البيانات، ملايين الأرقام والحسابات تتراقص أمام عيني حتى في البيت، عدد المرضى لكل طبيب.. نسبة المضاعفات لكل طبيب.. نسبة مرضى كل طبيب مقارنه بزملائه.. آخر موعد التسليم سيكون بعد غد.. فريقنا يتكون من عشرة أطباء تم تكليفي أنا؟! أنا... أقلهم منصباً وخبرةً بتقييمهم؟!لأن أحدهم لا يرغب في الدخول في متاهات التقييم، السؤال هو.. من أنا لأقيم استشاري أو أخصائي؟

تقييم السجلات الطبية، عشرة سجلات لكل شهر على مدى العام الفائت..

دخول المريض.. اختبار الحساسية.. تثقيف صحي.. توثيق.. خطة العلاج.. خروج

طلب التغذية.. آخر تطعيم.. وقت المعاينة.. وقت الخروج..

اقترب موعد التقييم للاعتماد الدولي، رئيسة التمريض في العيادات تشن جولاتها علينا، الأمر الذي كان يثير حفيظتي، وقفت خلفي في إحدى غاراتها، بينما أنا غارقة في مهامي المكتبية وأمرتني بالتخلص من كل الصور والتذكارات التي أحتفظ بها في مكتبي، وبامتعاض طلبت من عامل النظافة أن يأتيني بصندوقين فارغين ملأتهما وتذكاراتي، وكتبي وحشرتهما في خزانتي، وطبعت ملصق "شخصي" وألصقته على الخزانة.. بالطبع كانت مهمة زملائي أسهل مني ومن ظبية، فعلى عكسهم تماماً كانت مكاتبنا مكتظة بالأشياء التي نكدسها كتذكارات.

"ربما أعاني فعلا من مشكلة في التخلص من الأشياء"

كان هناك المزيد من الأشياء والتذكارات، فكلما فتحت درجاً وجدت فيه المزيد من الأغراض، أخذت الفائض وهممت بوضعه في سيارتي حتى يمر الاعتماد بسلام، لاحظت أنني لم أكن الوحيدة، فهناك قوافل من العربات تنقل الأغراض من المستشفى إلى السيارات، تذكرت والدي وجولاته في سوق الخضار، حيث العمال يدفعون العربات المحملة بكراتين الخضار والفواكه، غير أن الكراتين هناك معبأة بـ "الليلام" من مكاتب الموظفين..

بيني وبينكم يبدو المكتب أفضل، بدون كل تلك الفوضى التي كانت ترقد عليه، ولكن لا يمكنني أن أعترف بهذا على الملأ، ولكن إن كنتم تظنون أن الموضوع انتهى هنا فأنتم مخطئون، الشائعات تتطاير في المركز كالنار في الهشيم وكل إشاعة تحتوي على أمر غريب جديد، اليوم كان الأمر بإخلاء استراحة الموظفين من كل شيء تقريباً، هذه المرة أصبح الأمر تعسفياً، كنت أجمع أكواب القهوة عندما دخل رئيس القسم مع المشرف على برنامج الاعتماد الدولي ووجداني منكبة أفرغ أدراج الاستراحة عندها تدخل المشرف:

- دكتورة.. ماذا تفعلين؟ ليس من داع لكل هذا.. المقيمون لا يهتمون بما في داخل الاستراحة.. بل العيادة ومكان الفحص..

نظرت إلى رئيسي بانتظار موافقته كطفلة تستشير والديها قبل أن تقبل هدية من غريب، وعندما أومأ لي بالإيجاب ابتسمت ودعوتهما على فنجان من قهوة مبتكرة، أرسلها لي أحد محبي القهوة الذين أتابعهم على مواقع التواصل الاجتماعي، كنت أستمتع بنظرات تعجبهم ومديحهم لقهوتي، واسترسلت في الشرح عن نوعية القهوة وأصلها والعوامل المؤثرة في طعمها، كان هذا مصدر إلهاء جميل عن التوتر الذي كان يخيم على جميع موظفي المركز، ابتداء من المدير وصولاً إلى عمال النظافة فالكل مرتبك ومتوتر، سمعت عن إصابات

حدثت، ومعارك دارت بين أطباء وممرضين، الأوراق تتطاير من المكاتب، الكثير من المتطلبات، تدريب على الإخلاء في حالة حدوث حريق، تدريب على الإنقاذ، تدريب آخر على التعامل مع حالات الكوارث، بدأنا أنا وظبية بتصوير مقاطع تعليمية ونشرها على حسابات التواصل الاجتماعي، كانت فترة جميلة رغم التوتر الذي كان يسودها، مررنا بالكثير من المواقف الطريفة وقتها، ولكن هل أتمنى إعادة التجربة؟ قطعاً لا..

وأخيراً جاء اليوم الموعود، يوم الامتحان، عندما يجتمع الطلاب للمذاكرة، وتتطاير الأخبار عن الأسئلة المكررة، دخلت العيادة لأجد الممرضات متجمهرات في الممر، في يد كل منهن مجلد القوانين، الأولى تسمع للأخرى، حتى اللاتي لم يسبق لي رؤيتهن في القسم تجمهرن في العيادة، أردت الهرب قبل أن تنطلق أسئلتهم علي، في هذه الحرب النفسية سأكون أنا الخاسرة بلا شك، وعندما يبدأ استعراض عضلات المذاكرة أرتبك وتتداخل المعلومات في رأسي، سألتزم بخطتي ولن أهتم بما يقوله الآخرون

"جاوبي على قد السؤال، وإن لم تعرفي الجواب، أخبريهم بأنك ستلجئين للائحة القوانين في الحاسب الآلي"

كان الوضع أقرب لبرنامج المسابقات الياباني "الحصن"، وأنا أحاول تجنب التوتر، أكثر ما أخشاه هو أن أصاب بنوبة هلع أمامهم، هربت عبثاً إلى أمان مكتبي، الذي أصبح عارياً إلا من جهاز الحاسب الآلي وبضع أقلام وملف القوانين، جميع أطباء القسم مجتمعين هنا ويرتلون قوانين لم أسمعها قبلاً، بدأت أنفاسي بالتسارع، اهدئي يا مرام، أرسلت مروة بعض الأطباء من ضمنهم ظبية، ليقوموا بالجولة الصباحية في الأقسام، كانت فتون تنشر التوتر في القسم بأوامرها، بدا لي أنها توجه حديثها لي، أرى شفتيها تتحرك وأسمع صوتها لكنها

تحدثني بلغة المريخ، شعرت بالدوار يلف رأسي أنا بحاجة للجلوس.. وهي تكرر الكلام.

أغمضت عيني ودعوت الله أن يهبني أي إلهاء، وفجأة دخل د. رضوان مكتبنا تسبقه رائحة العرق، إنه مرتبك أكثر منا جميعاً، وكأن مشاكلنا لا تكفينا، سألت دون أن أهتم حقاً بالإجابة كان هدفي تغيير الجو العام:

- من سيقابلهم...؟

أخفى د. رضوان وجهه بكفيه ومال بكرسيه إلى الوراء، فزاد انبعاث الرائحة، بحثت عن ملطف للجو، ولكني لم أجد سوى المعقم الكحولي، فرششت منه بوفرة، وَوضعت كمامة على أنفي، وإن سألني أحدهم سأتحجج بأني مصابة بالرشح..

الاستشارية د. فتون بدأت فعلا بالتحدث برسمية جداً، مثل جماعة الجودة والتطوير والقوانين، لكنها تحايلت على مروة لتقابلهم بدلاً منها. ثم أشارت لي ود. رضوان لنتحدث عن الخطة الابتكارية، ثم اقتربت مني أكثر مما يجب وهمست:

- الرئيس لا يريد الاستشاري أن يتحدث، لأنه سيسترسل بالحديث عن إنجازاته هو، لذلك اقترح أن تكوني أنت معه، وحاولي أن تصرفي الانتباه عنه قدر المستطاع..

وكأن أمنية فتون تحققت، فقد حضرت إحدى مريضات الاستشاري من الشخصيات المهمة، وأدخلها غرفة الفحص، تتبعه إحدى الممرضات، ابتسمت فتون:

- جيد.. هذا سيشغلهما لفترة.. أتمنى أن يأتي المقيّمون الآن بينما هو مشغول.. تذكري أن تجيبي على قدر السؤال بـ"نعم أو لا "ولا تنسي أن تضيفي جملة "حسب قانون المستشفى" قبل كل إجابة..

تصنعت الابتسامة.. تمتمت تحت أنفاسي "ولم لا تقابلينهم أنتِ.. يا حيزبونة!" وأخيراً دخل المقيّم عيادتنا، وكما كان مقرراً استقبلته د. مروة وبدأت معه جولتها في القسم، بالنسبة لي بقيت في مكتبي أرتل وأتلو كل أدعية الامتحان، ولكن في الامتحان كل الأخطاء مستورة إما في ورقة الامتحان، أو بين الطالب والممتحن، أما الآن ستكون "الفضيحة بجلاجل "وكم ستكون شماتة فتون بي عظيمة لو أخطأت .

ذكرت نفسي مراراً بالتنفس، وجدتني أحبس أنفاسي لسببين، أولهما رائحة د. رضوان، وثانياً التوتر الذي بدأ يسبب اضطرابات في نبضي، شغلت برنامج التأمل في سماعتي المخفية تحت طيّات شيلتي، ورحلت مع صوت المطر لدقائق معدودة، قبل أن تناديني مروة..

تحت القشرة الصلبة والمظهر المتماسك، كل شيء رخو، نهرت نفسي "أنت أقوى من كل هذا يا مرام، دقائق وينتهي هذا الأمر".. نظرت إلى مكتب د. خالد حيث يجلس د. رضوان، الذي اختفى فجأة "ترى إلى أين ذهب؟ وأين اختفت الحيزبونة فتون؟ لا يهم"، عبثاً حاولت مراجعة القوانين والاختصارات، ثبت ما ثبت وضاع غير ذلك، مهما كانت النتيجة ذكرت نفسي كما أفعل قبل كل امتحان أنه" امتحان دنيا"

ابتسمت وعرفت عن نفسي، رد لي المقيّم الابتسامة، يبدو مسالماً، سألني بعض الأسئلة البسيطة عن خطة الابتكار في القسم، ثم انتقل إلى الممرضات..

فهمت حينها أن دوري قد انتهى..

"هل كان كل هذا التوتر والارتباك لسؤالين فقط؟"

بقيت أنتظر أن يعود دوري مجدداً، لكنه ابتسم أخيراً وقال للممرضة ومروة قبل أن يغادر القسم:

- لقد أجبتم بشكل جيد عن كل تساؤلاتنا، وأعتقد أنني اكتفيت بالأسئلة..

عدت إلى مكتبي لأجد د. رضوان يطل من تحت مكتب د. خالد، لم يكن الأمر يستحق كل هذا الرعب، وفتون ظهرت من حيث لا أدري لتستجوبني:

- كيف كانت الأسئلة؟ هل رحلوا، كم كان عددهم؟

قلت ساخرة:

- مئة ألف أو يزيدون.. بإمكانك العودة إلى مكتبك يا دكتور.. لم يرد أي سؤال من هذه الملزمة..

رميت رزمة القوانين في صندوق إعادة التدوير، وخرجت إلى الحديقة، غير مصدقة مدى التوتر والغضب والحساسيات التي عشناها طوال هذه المدة، ثلاثة أرباع الجهد الذي عانيناه والضغط الذي مارسه الجميع علينا كان بلا سبب، وبعد عدة أيام احتفل المركز بالاعتماد الدولي وانتشرت الزينة والكيك والحلويات، ونسي الجميع كل تلك المواقف العصيبة والمشاحنات، ولربما عادت حليمة إلى عادتها

القديمة، قبل أن يعود شبح الاعتماد ليلقي بظلاله على المركز مجدداً بعد سنوات.. أتمنى ألا أكون موجودة عندما يحدث ذلك.

* * *

ظبية

كيك وسكر

أربع سنوات مضت منذ أن عدت من أوروبا وَوفاة زوجي، ما زلت أتخبط بين دفعات المدرسة ودفعات المنزل الذي اشتريته، لا يبقى الكثير من راتبي في نهاية الشهر، أُصبر مرام ولكنني على وشك التراجع في أي لحظة، أظن أني فقدت شغفي ورغبتي حتى بالعمل، لقد تعبت من المناوبات والعمليات التي تحاول فتون انتقادها بشكل جائر، لدرجة أصبح العمل معها لا يطاق، فهي لا تتوقف عن معاملتي كمتدربة، لا عيب في تعلم التقنيات الجراحية الجديدة، ولكنها تتعمد انتقاد حتى أسياسيات تقنياتي الجراحية، وبعد كل سنوات الخبرة التي تتراكم في سيرتي الذاتية لم يعد

الأمر مقبولاً البتة، وقد حاولَت في عدد من المرات إحراجي أمام جميع زملائنا في حساب الواتساب الخاص بالقسم بتذكيري المستمر بأنها المسؤولة، وذات يوم بعدما ضقت ذرعاً بأساليبها دخلت مع مرام على رئيس القسم وطلبت منه الموافقة على نقلي إلى قسم آخر، في البداية كان يظنني أمزح، ولكنه عندما أدرك أخيراً أنني جادة ارتبك وبدأ يعبث بعلبة الشوكولا التي أمامه، ثم قال:

- أعطيني سبباً مقنعاً لأوافق على طلب نقلك..

أشارت لي مرام بالبدء، فانطلقت بالحديث:

- لم أعد قادرة على تحمل الضغوطات في القسم.. وضعي الاجتماعي اختلف، وبصراحة لم يعد عندي أمل في أن يتحسن وضعي هنا في القسم..

اكتفى د. عادل بالعبث بحبات الشوكولا ثم إعادة ترتيبها وكأنها أعظم مهمة له في الكون، أنا ومرام نتبادل النظرات، ثم أعدت كلامي بإصرار وجدية لم يعهدها مني:

- دكتور من فضلك أريد الانتقال من هذا القسم..

بدا توتره واضحاً وسألني:

- أريد سبباً مقنعاً لطلبك، أظنك بحاجة إلى السكر خذي كاكاو..

لم يرفع ناظره عن علبة الشوكولا، بل استمر في ترتيبها عشرات المرات وكأنها أحجار الانفينيتي التي أخبرتني عنها مرام، مددت يدي أمام دهشة مرام ودهشته وأبعدت علبة الشوكولا الغبية من يديه بحزم..

- دكتور أريد أن أترك القسم.. موظفوك لا يتسمون بالنزاهة ولا المنافسة الشريفة، عندك عدد كاف من الأخصائيين والاستشاريين ولا أظنك بحاجة إلي..

عندما تأكد من أني لا أمزح.. اعتدل في جلسته وقال بشيء من الصرامة..

- حسناً.. سأسمح بانتقالك بشرط أن توفري شاغراً بديلاً لك..

قبلت التحدي.. وقلت بذات الحزم:

- ما قولك لو وفرت شاغرين اثنين.. لي ولها.. لا تتوقع أن أتركها في القسم.. ستصاب بالذعر وتستقيل مجدداً.

اعتذرت لمرام بابتسامة صغيرة، فهي لا تحب أن يتحدث أحد باسمها، ولكني متأكدة أننا نتفق في هذه النقطة، نظر رئيس القسم إلى مرام وابتسم، لقد غير استراتيجيته فهو يعرف أن مرام "كلمة تأخذها وكلمة تجيبها"وقال:

- ولكن لا أستطيع الاستغناء عنكما.. أنتما "السكر والكيك" في القسم..

رددت تعويذتي بصمت وأنا أحاول أن تصل أفكاري إلى مرام "إياك والوقوع في الفخ. إياك والوقوع في الفخ"

لكنها وقعت فعلاً.. كل ما يحتاجه أي شخص بعض الكلام المعسول وتذوب كل دفاعات مرام.. تغضب بسرعة وترضى بسرعة، ورئيسنا يعرف هذا عنها لذا استمر..

- أنا أعرف أنكما أفضل من الكثير من الأخصائيين الموجودين في المجال، ولكن القوانين واضحة ولا يمكنني تجاوزها.. لا يمكن ترقية الطبيب بدون شهادة تقبلها إدارة المستشفى، كما أنني لا أستطيع الاستغناء عن خبراتكما، ماذا ستعملين ظبية؟ هل ستكتفين بكتابة الوصفات والكريمات؟ أنت ما عدت تشاركين في العمليات الجراحية..

أشحت بنظري عنه، لأني أعلم تماماً بأن هناك ثغرات يستطيع البعض استخدامها، كما أنني أخبرته عدة مرات بمشكلتي مع فتون، ولكنه اعتبرها مشاحنات عادية وخلافات تحدث في أي مقر عمل، لكن ما يحدث أكبر من خلافات بسيطة، وفي كل مرة يقف في صفها، همست: لقد.. لقد فقدت الاهتمام..

تظاهر بعدم سماعي فأعدتها.. لكنه سخر وحاول أن يغير الكلمة ممازحاً.. ثم قال:

- حتى لو انتقلت إلى القسم الآخر أيا كان، درجتك الوظيفية لن تتغير.

بدأ النقاش يتعبني، وما زلت أقاوم لأبقى ثابتة ولا أخسر موقفي..

- على الأقل لن اضطر لقبول المناوبات.. دكتور.. من فضلك أريد الانتقال.. لم أعد قادرة على الإنجاز في هذا القسم..

- يصير خير ظبية.. لا تتسرعي.. هاتي الشواغر ويصير خير.. sleep on it

كان "يسلكني"، وأنا أعرف ذلك، مرام ما تزال غارقة في يوفوريا الكلمة، يا لها من سند رخو، ضربتها على كتفها..

- يلا يا ماما.. قال كيك وسكر فذابت دفاعاتك..

عضت باطن خدها وقالت بخجل:

- لا أحد يقدرنا في هذا المجال، لا نسمع مثل هذه الكلمات كل يوم، رئيس القسم يقدرنا، لقد قال إننا أفضل من بعض الأخصائيين من ناحية الخبرة..

كانت المرارة ممزوجة بالسخرية وأنا أحاول أن أحفر بعض المنطق في وعيها:

- نعم يقدرنا.. ولكن عندما تذهبين لدفع قسط السيارة، اكتبي على الشيك "كيك وسكر"، وعندما تتلقين مكالمة في منتصف الليل وتضطرين لترك زوجك وابنتيكِ لخياطة جرح ناتج عن مشاجرة أو خلاف، أخبريهم أن الرئيس يظنك "كيك أوسكر" عندما تمعن فتون في إذلالك، أو تتوسلين المستشفيات لإيجاد غرفة لمريض قولي لهم "كيك وسكر".

أخيراً استطعت أن أعيد مرام إلى أرض الواقع، عندما استيقظت المخبولة واستجمعت إدراكها من جديد سألتني:

- من أين نأتي بالشواغر؟

أنا أحترم رئيس القسم وكأنه أخي الأكبر، ولكن انتشرت أخبار بأنه ينوي ترك العمل هو الآخر، وأكثر ما يرعبني هو الشخص الذي سيتولى المنصب بعده، كل الدلائل تشير بأنها ستكون فتون الحيزبونة، التي لا تطيقنا وقد أثبتت هذا في عدة مواقف..

- مرام.. سأظهر الشواغر من تحت الأرض، هل تظنين أن الحيزبونة فتون سترحمنا لو ترك د. عادل القسم، إنها تتحكم بكل شيء في القسم، بكل قراراتنا حتى وقت المناوبة، وللعلم لقد بلغني من مصادر في إدارة المستشفى أن هناك الكثير من علامات الاستفهام حول شهادتها، وبالرغم من ذلك حصلت على الدرجة الثانية ولم تتعرقل ترقيتها، خبرتها لا تزيد عنا..

أكملت مرام سيرها بصمت، أعرف ما يدور ببالها، وإن لم أتصرف بذكاء ستدخل مرحلة الإحباط وتقرر الاستسلام..

- إياك التفكير بالاستقالة.. يا ويلج.. سأقطع أصابعك قبل أن توقعي الرسالة..

دست يديها في جيوب معطفها، وقالت:

- لا.. التوبة.. خلاص.. ما زلت أسدد أقساط البنك..

أظهرت درهماً من جيبي ولوحته به أمامها:

- تذكري ما تقوله عمتك "إذا كان معك درهم تساوين درهم.. وإن كان معك مليون تساوين مليون"، لا أحد يمكن أن ينفعك مثل راتبك، فكري بوضع لمياء، لا السكر ولا الكيك نفعاها، بعد أن قرروا فصلها..

هزت مرام كتفيها، وقالت باستسلام:

- حسناً.. حسناً فهمت.. لن أترك العمل..

سرحت مرام مجدداً وبدأت تركل الحصى في طريقنا لموقف السيارات.. وأخيراً قالت:

- لم يمضِ من الشهر أكثر من خمسة أيام، بقي من راتبي ألف وخمسمائة درهم فقط.. كيف يلعب التافهون من المشاهير بالمال؟ بينما يناضل الأطباء ليحصلوا على حياة كريمة؟ ظبية أتمنى أن يعرف الناس عن معاناتنا، وأشعر بأن رسالتي هي إخبار الناس عن معاناة الأطباء، أتمنى أن يكون لي دور كبير في المجتمع.. هل تظنين أننا سنصل يوماً إلى طريق النجاح؟ كل درب نسلكه ينتهي بالفشل.. ما الخطأ الذي اقترفناه؟ أم ترانا نحن الخطأ في هذه المعادلة؟

ها هي مجدداً تدخل دائرة الإحباط..

- لم نفشل، بل وجدنا ألف طريقة لا تنفع، ما زال لدينا أمل، قد تتحسن الأمور لو انتقلنا لقسم آخر..

لم تقتنع، لا تزال مرام متشككة، ولكنها لم تقل شيئا، هي تتظاهر بالإيجابية ولكني أعرف أنها في كثير من الأحيان متشائمة..

- بعد سنة من الآن سيعرفنا الناس، أول الطريق خطوة.. دعيني أفكر بحل.. أرجوك مرام لا تحبطي.. أنا بحاجة لبعض من إيجابيتك.. ابحثي عنها في مكان ما.. وحياة السكر.. ستتحسن أوضاعنا.. اضحكي أرجوك.. اضحكي يا أختي فغداً أجمل..

لكزتها "مرام ذابت مثل السكر"

* * *

مـــرام

رأس من صخر وقلب من زجاج

دخلت المكتب محملة بالأغراض كعادتي، لأجد الأطباء في نقاش حاد عند مكتبي، وعندما لم ينتبه أحدهم إلى وجودي اضطررت لحشر نفسي وأغراضي بينهم للوصول إلى مكتبي، أمرتهم بداخلي أن يخرسوا، الغريب أن طاقة أفكاري لا تصلهم، ظننت أني أتمتع بقوى خارقة، لقد شربت فنجانين من القهوة المركزة وما زال الصداع ينخر في صدغي أصواتهم تعلو بالنقاش، الممرضة تسألني عشرين مرة إن كنت معهم في العيادة، وأهز رأسي بالإيجاب لكنها مشغولة بطرح السؤال ذاته على كل طبيب في المكتب..

- هلا صمت الجميع للحظة.

نظر إليّ كل من في الغرفة، كان صوتي أعلى مما كنت أنوي ومما اعتادوه مني، وبلا شك أظهر غضبي نفسه في نبرتي، شعرت بنفسي أنكمش في مقعدي، وأتمتم اعتذاري، لا يسمع صوتي عادة، بدأت بترتيب الأغراض على مكتبي، مساحتي في تضاؤل مستمر بسبب كثرة أشيائي، التي عادت مباشرة بعد حصول مركزنا الطبي على الاعتماد الدولي، ربما علي فعلاً التخلص من كل هذه التذكارات والأشياء، ما زال زملائي يتناقشون، أصواتهم مزعجة ومبهمة، وضعت سماعاتي الضخمة دون أن أهتم لما قد يقولونه، لكن أحداً لم ينتبه لسماعاتي، ترى ما الذي يشغلهم؟ أزحت سماعتي وسألت ظبية ما الأمر؟

- حالة عنف أسري..

- لا حول ولا قوة إلا بالله.. ماذا كان التشخيص؟

- حروق وجروح متعددة..

دخل رئيس القسم مع مروة لمعاينة المريضة وخرج بعدها، طلب من مروة أخذ الحيطة عند التعامل معها، وإبلاغ المشرفة الاجتماعية، لابد من إبلاغ جمعية حقوق الطفل.. ثم وجه حديثه لنا جميعاً:

- أرجو من كل من يتعامل مع هذه الطفلة أخذ الحيطة والحذر، فالطفلة قد تكون مصابة بأي من الأمراض المعدية.. تعرضت للتعنيف على يد إخوتها وأمها بالتبني.. الطفلة كتومة جداً قد تكون مصابة بمرض نفسي، هذه حالة خاصة جداً، قد تكون الأم سادية..

شعرت بأن الأصوات كلها تداخلت، لم أسمع سوى جملة "على يد أمها بالتبني" تتردد وتعلو في دماغي حتى شعرت بأنني أختنق بها.. ثم سمعت نفسي أتساءل بغضب:

- لماذا تبنّتها؟ لماذا بحق الله تبنتها؟ إن كانت تنوي تعذيبها.. ليست مجبرة على تحمل مسؤولية الطفلة.. من أجبرها على التبني؟

دخلت غرفة المعاينة لأجد طفلة بعمر ابنتي منال.. حرق أسود في ظهرها، وآخر في ساقها وجرح سكين في ذراعها، أريد أن أضمها إلى صدري، لكنها كانت تنظر إليّ بخوف، رأسها بيضاوي الشكل، قد يكون هذا التشوه منذ الولادة، ندب على فروة رأسها، هذه ليست منال، جدران الغرفة تدور حولي، خرجت من الغرفة قبل أن تلتهمني أشباحي، أشعر بأن رئتي منقبضة وأن الهواء أصبح ثقيلاً "ها قد بدأت دموعي مجدداً"

غادر رئيس القسم المكتب قبل أن يرد على سؤالي، صمت ثقيل يخيم على المكان، ولم يحاول أحد تبرير انفعالي، ناولني د. خالد علبة المحارم، وسألني بهدوء عندما غادر الجميع:

- سينباي.. هل أنتِ بخير؟ فيكي حاجة.؟ دي ثالث مرة أشوفك كذا في أقل من كم شهر.. في شيء أقدر أساعدك بيه؟ سينباي.. انتي لازم تطلعي إجازة تروقي فيها..

حاولت تجنب النظر إليه، الأسئلة تزدحم بداخلي، موضوع الأمومة يسبب لي الكثير من الحساسية، لقد عانيت كثيراً حتى رزقت بأطفالي، كيف يمكن لأي أم أن تفعل هذا بطفلة صغيرة؟ هربت إلى الاستراحة واختبأت هناك فترة قبل أن

تنضم إلي ظبية..

- لم يعد هناك مرضى في العيادة.. هل نذهب لشرب القهوة؟

تجاهلت سؤالها وعاجلتها بسؤال أكثر أهمية من القهوة:

- ماذا سيحدث للطفلة؟

شردت بفكرها بعيداً، قبل أن ترد:

- تواصلت مع مسؤول دار رعاية الأطفال.. أخبرني أنها لم تكن المرة الأولى ولكنه أكد لي أنها ستكون الأخيرة، يقول إن الأم في كل مرة تعود للدار باكية وتقسم بأنها كانت تقصد تربيتها وأنها لن تعيدها.. ولكنها تؤذيها مجدداً..

- لماذا يسمحون لها باستعادتها؟

تنهدت ظبية بحرارة:

- الأطفال لا يجيدون لغة الكره.. لو سألتِ الطفلة ستقول بأنها كانت المخطئة لأنها لا تسمع الكلام.. مرام يتمنى الأيتام وجود الأم أو الأب مهما كانا مؤذيين.. هل تدرين أنها تريد الانتهاء من الغيار لتعود لأمها، حسبي الله على أمها.. عسى الله أن يذيقها أضعاف الذي أذاقته لهذه المسكينة..

بقيت صامتة أحرك كيس الشاي في الكوب الفارغ، ما الذي يطفئ الغضب؟

لقد كبرنا ونحن نسمع عبارات فارغة مثل "كلنا انضربنا وما صار فينا شيء" أو "صياحه ولا صياح عليه" كل هذا بحجة التربية، لكن إلى أين يأخذنا الضرب؟ إلى أين يأخذنا الغضب؟ سمعت مرة أخصائي تربية يقول "في كل مرة يزداد الضرب عنفاً.. وتزداد الهوة في داخل المعنِف فلا يملأها شيء.. إلى أن تنتهي بعاهات مستديمة أو في كثير من الأحيان إلى الوفاة".

كان رأسي يضج بالصور والأصوات، سأكون شاكرة لأي إلهاء الآن، وكأن دعوتي وصلت للسماء.. طرقت الباب موظفة التسجيل لتخبرنا بتوافد المرضى..

عندما عدت للمنزل ذاك اليوم ضممت منال وقبلتها كثيراً حتى تملصت مني أخيراً، وهي تضحك..

- ماما هل جننتِ؟

- مجنونة بحبك يا سخيفة..

سألتني:

- للقمر ذهاباً وعودة...؟

قبلت رأسها ويدها وخدها الممتلئ:

- للقمر يا حلوتي وحوله وإلى الشمس وحول المجرة

انضمت إلينا جنى وهي تسألني: ماذا عني؟

- أكيد أحبكم جداً.. جداً.. جداً..

دعوت الله تلك اللحظة بأن يمنعني من أن أتسبب بالأذى لأي من أطفالي، وأن يلهمني القوة لأتغلب على غضبي وكآبتي، في المساء أخبرت هيثم بمخاوفي، عندها ضمني إليه وهمس:

- لماذا تنتظرين طويلاً قبل أن تطلبي المساعدة؟ أنتِ تحمّلين نفسك فوق طاقتك، ثم تنفجرين؟

تملصت منه:

- أرجوك يا هيثم أظن أني بحاجة إلى النوم..

آخر ما أريده الآن هو النقاش، الصداع ينخر صدغي، عيناي تخزني، لكن الألم في صدري وقلبي في تزايد، هربت إلى الغرفة وسارعت أبحث في الأدراج عن دوائي، وبعد ليل طويل من الكوابيس، أطل الصباح أخيراً، شعرت برغبة ملحة في العزلة وتنظيم أفكاري، لذا تسللت خارجة من المنزل قبل أن تصحو الطفلتان، آلمني منظر الحديقة المهملة، فأشحت نظري بخجل عما كان يوماً مرجاً أخضر جميلاً، يغمرني شعور آخر بالذنب، لقد ماتت الحديقة التي كانت سببا رئيساً في رغبتي في الانتقال إلى هذا المنزل القديم، ولا أملك إلا أن أشعر بأنني خذلته، شعرت بأن كل شي ألمسه يموت، طبيبة تجميل وترميم تعجز عن ترميم بيتها وروحها..

"جرح مزمن آخر"

* * *

ظبية

حلقة مفرغة

بدأت د. وداد العمل معنا منذ ثلاثة أشهر وكنت سعيدة جداً برفقتها، لم عرفت أنها خاضت مثلنا معارك طويلة في سبيل الحصول على التخصص في الجروح المزمنة، كنا نتبادل الحديث يوماً عن هموم الطب والأطباء وعندما تساءلت د. وداد لماذا لا نقدم أوراقنا لبرنامج الزمالة، تبادلنا النظرات أنا و"مرام" ثم انفجرنا بالضحك، فقد سبق أن مررنا بكل هذا من قبل.. الجميع يظن أننا لم نحاول أن نحرك ساكناً..

- هلا أخبرتها برحلتنا يا مرام..

تنحنحت "مرام" وبدأت رواية قصتنا الملحمية مع برنامج الزمالة للمرة العاشرة..

- لقد حاولنا بدء برنامج الزمالة العربي لجراحة التجميل ولكن قسم التطوير رفض البرنامج ووضع الكثير من الشروط، ظبية جمعت 400 سيرة ذاتية لكل طبيب من كل أقسام الجراحة خلال 48 ساعة.. طبعاً بدون أي مساعدة كريمة من رئيسة الموارد البشرية.

بينما تأرجحت في كرسيي وأنا أكمل قصتنا الحزينة:

- حتى لو نجحنا في ذلك، لم يكن هناك أي ضمانات بأننا سنقبل في البرنامج.. لا تنسي أننا تجاوزنا السن القانونية.. كما أن شهادتنا تعتبر قديمة فهي تفوق الخمس سنين.. د. مانع سيقف لنا هنا..

وأشرت إلى أعلى بلعومي، بينما انتفضت د. وداد في إيحاء منها إلى شعورها بالقرف:

- وجع.. كم هو ثقيل هذا الإنسان! اسم على مسمى يمنع ويتعب، بس والله يا بنات، لا تضيعوا أعماركم على الفاضي.. جربوا حظكم المرة دي.. خذي موافقة رئيس قسم الجراحة وهذا أقرب تخصص للتجميل وصدقوني رح يساعدكم..

تبادلنا النظرات أنا ومرام التي رفعت حاجبها، وكأنها تسألني "لم لا؟" لقد جربنا كل شيء آخر، لن يضرنا أن نحاول..

وفي خلال يومين حصلنا على موعد مع د. عادل الذي كان من ألطف الشخصيات التي قابلتها في المجال الطبي، رحب بنا بحرارة وفي نهاية اللقاء أخبرنا بأنه لا يمانع كوننا "فوق السن القانونية"، على فكرة هذا التعبير يغضبني جداً ويشعرني بأني تجاوزت الثمانين.. وللعلم أنا لم أتعدَّ التاسعة والعشرين ونصف يوم، حفاظاً على المصداقية، في آخر مرة تحققت فيها، وذلك منذ خمس سنوات.

- ظبية أشعر بالتفاؤل، لقد أعطاني أملاً جديداً..

لكني أكثر خبرة من أن أحتفل مبكراً بنجاح غير مضمون:

- هو وافق لكن القرار الأخير يرجع للمسؤولين. هل تتوقعين أن يوافقوا.. أخاف من أننا ندور في الحلقة ذاتها ويرجع ملفنا مجدداً لمكتب د. مانع..

رحلتنا الثانية كانت لمكتب إدارة المستشفى، قابلنا المسؤول الأول الذي أبلغنا بأنه لا فائدة ترجى من هذا البرنامج وأنه سيتم استبداله ببرنامج آخر قريباً جداً، سيكون أقوى من سابقه وأفضل، نظرت إلى مرام التي هزت رأسها مشجعة على الاستمرار.

- هل سيتم قبولنا؟ علماً بأن الشروط قد تكون متشابهة.

- ولماذا تنتظرون البرنامج الجديد؟ ماذا عن الدول المجاورة؟ بإمكاننا أن نتدبر مقعداً لكما هناك؟

كانت بيدي ورقة تحولت إلى غبار من كثرة ما ثنيتها وطويتها لأقلل توتري

- عفواً.. يا دكتور لكن البرنامج موجود في المدينة، ونحن كموظفات نمارس المهنة في المستشفى، أظننا أولى بالانضمام إليه، وهناك عدد من الشواغر وكما وأن الاستشاري المسؤول عن القسم موافق، ظروفنا العائلية لا تسمح لنا بالسفر، حتى ولوكان لدولة مجاورة.

عقد أصابعه أمامه وقال بحزم:

- أنا على علم بالعادات والتقاليد.. لكن هناك الكثير من الطبيبات اللاتي مضين في رحلة التخصص الخارجي،

بدأت مرام بالنقاش لكني أشرت لها بأن لا فائدة ترجى لكنها لم تتوقف، لقد وصلت إلى هنا وهي تحمل الكثير من الشغف والطموح، لم تعد مرام التي تكره الطب، لكنها عازمة على تغيير وضعها ولن تخرج من هنا خالية الوفاض..

- دكتور، السفر صعب بالنسبة لنا، ظروفنا لا تسمح، هل من طريقة أو رسالة استثناء تسمح لنا بالانضمام إلى البرنامج، بحيث يسمح لنا بالتخصص محلياً، هدفنا أن نتدرب ونعمل على خدمة المدينة في نفس الوقت، أضف إلى هذا سنوات الخبرة لدينا، كما أننا قدمنا امتحان القبول ونجحنا ولله الحمد وكما أشرت سابقاً فإن لدينا من الخبرة ما سيساعدنا في الدراسة.

عندما التفتت مرام إلي أخيراً، وجدت أني فقدت رغبتي في النقاش، وقد خبا بريق الحماس في داخلي، أعرف أين سينتهي هذا الحوار، لكن مرام ترفض أن تتوقف،

الكلمات تخزني في قلبي "لماذا لا يمكنني الدراسة في مدينتي؟ حيث يموت برنامج التدريب بسبب قلة المرشحين؟" كيف يطلب مني المسؤول أن أبحث عن مقعد دراسي في دولة مجاورة والمقاعد شاغرة في مقر عملي؟ كل ما أطلبه هو أن تشفع لي سنوات الخبرة في الانضمام إلى البرنامج التدريبي الذي سيمنحني التخصص، لم أطلب التوقف عن العمل أو التفرغ للدراسة لكني أريد أن أدعم عملي بالدراسة، فلماذا لا يسمح لي بهذا؟

كانت مرام تنظر إليّ لأستلم زمام الحديث، بعد أن أجريت بحوثي وجربت حظي في الدول المجاورة بعد عودتي من أوروبا، ورغم أني لم أرغب بالحديث إلا أنني حاولت جهدي:

- دكتور.. الأولوية في الدول المجاورة لمواطنيها والمنافسة كبيرة جداً، ومثلما وضحت د. مرام السفر صعب جداً بالنسبة لنا بسبب ظروفنا العائلية، حاولت السفر سابقاً إلى أوروبا ولكن تم تطبيق نظام الدفع، وزوجي توفي، وأنا أعيل أمي العجوز وأبنائي، ولا أستطيع تركهم للسفر في الوقت الحالي..

شعرت بالغضب يعتريني لأنني اضطررت للتحدث عن ظروفي العائلية لكن يبدو أن قلب المسؤول حن علينا، ولكن ليته لم يفعل، عندما رفع سماعة الهاتف وأمر سكرتيرته بأخذ موعد لنا لنعرض مشكلتنا على د. مانع غرقت كل آمالنا، خرجنا من المكتب وغمامة من الكآبة تحوم فوقنا، لأن كل لقاءتنا مع د. مانع انتهت دون أي فائدة ترجى، لذا قلت بحزم:

- مرام أنا لا أريد أن أقابل د. مانع، سامحيني، ولكن لن يضيف لقاؤه أي شيء، لقد قالها لنا بصريح العبارة بأنه لن يرفع أوراقنا ولن يساعدنا.

- ماذا تقترحين أن نفعل؟

- نقابل د. محمد، لربما ساعدنا، إنه المسؤول عن برنامج التدريب الجديد، تخيلي كم من طبيبة عالقة في هذه الدوامة مثلنا، ستستفيد من هذا البرنامج؟

د. محمد كان متعاوناً معنا جداً، وطلب منا كتابة رسالة نوضح فيها طلبنا ونوقع عليها جميعنا، ووعدنا بأنه سيتابع شخصياً موضوعنا، إحدى الموظفات رفعت لنا إبهاميها تشجيعاً، وعندما غادر د. محمد اقتربت منا وهمست لنا بدعوة صادقة بالتوفيق..

بعد عدة أشهر من المتابعة، وصلت الورقة إلى مكتب د. مانع وماتت كل آمالنا من جديد..

"غرغرينا الأحلام".

- لا يمكن أن نسمح لليأس أن يتغلب علينا.. دماغي يغلي بالأفكار وكل فكرة قد توصلنا إلى مكان.. حتى لو أغلق باب التخصص.. سنطرق باب آخر.. ولو أغلق سأطرق الذي يليه حتى نصل أو تتقطع كل أصابعي ولو تقطعت سأركل الأبواب إلى أن نصل، أنتِ وأنا يداً بيد..

حسناً كان ذلك تعبيراً مبالغاً، لكن حماس مرام تمكن من التسلل إلي، دفعة أمل هي كل ما نحتاجه، امتدت يدها وأمسكت بيدي، أخبرتها بأني مستعدة لمساندتها:

- يوماً ما سنصل إلى ما نطمح إليه. وبكامل أصابعنا رجاءً.. وإلا كيف سنجري العمليات الجراحية؟

ضحكات مختلطة بالدموع، لكن الأمل موجود..

"بلسم "

كان الأمل أقرب مما نتصور، كنا في استراحة الأطباء في انتظار أن يجهز المريض للعملية عندما دخل علينا زميلنا د. جسار وأخبرنا بأن هناك ورشة عمل للطب التجديدي، وأنه يطلب منا المساعدة في تنظيم هذه الورشة وبعد خطبة طويلة عن أهمية أن نكون الأوائل في هذا المجال، بدأ بإطلاق التوجيهات، شعرت وقتها بأني أعمل ضمن فريق عمل كالذي نشاهده في الأفلام، الجميل في د. جسار حماسه الكبير وخطبه الحماسية غالباً ما تجدي نفعاً مع مرام، استرسل د. جسار في خطبته التحفيزية في جلسة العصف الذهني التي جمعنا فيها:

- يجب أن نعمل بووووووومينغ كبير، ونطلب الإعلام ونسوي ضجة إعلامية كبيرة، الشركة مستعدة ترسل أطباء من عندنا لأمريكا عشان تعلمنا عند الأب الروحي للخلايا الجذعية.. د. مرام اجمعي أسماء المرضى المرشحين لهذا العلاج.. د. ظبية تواصلي مع قسم الإعلام وقسم التعليم المستمر.. يجب أن يسمع الجميع عن هذه الورشة..

لكن بعد أول جملتين فقد جسار أغلب جمهوره، طبعاً ما عدا مرام التي بدأت البحث عن قائمة المرضى، أما أنا بدأت اتصالاتي، وأرسلت توجيهات لسكرتيرة القسم لتبدأ بطباعة الدعوات لأطباء الأقسام الجراحية..

- متى ستكون الورشة؟

تعافى د. جسار من خيبة أمله بجمهوره بسرعة، لا يهم أن يكون فريق العمل كبيراً، المهم أن يكون الأعضاء أكفياء وقد أثبتنا ذلك أنا ومرام..

- سنقابل الشركة، ونجري عصفاً ذهنياً، ونضع النقاط على الحروف..

أسرعت مرام للبحث عن دفتر تسجل فيه الملاحظات.. أرجو أن تخفي توجهاتها الغريبة يجب أن نبدو احترافيين في اجتماع رسمي مع مندوبي الشركة..

خطأ.. اجتماعنا كان في كافيتريا المستشفى.. د. جسار يلتقط السيلفي تلو الآخر بتقنيات مختلفة ومن كافة الزوايا المستحيلة، كان برفقته شاب خليجي يبدو خجولاً، يحاول عبثاً تجنب الظهور في سيلفيات د. جسار، قبل أن يعرفنا عليه بشكل سريع لم أتمكن حتى من التركيز على كل المسميات التي تلت الاسم:

- د. عمران أخصائي تقويم أسنان ويملك أسهماً في شركات عدة للمعدات الطبية، منها شركة "خلايا المستقبل، وشركة سلام للمعدات الطبية..

كان جسار ما يزال مسترسلاً في اندفاعه الحماسي، عندما أشارت "مرام "إلى الوقت وأن الورشة ستكون خلال الأسبوع المقبل، ما يعني أننا سنواجه صعوبة في الحصول على الموافقة للحصول على تغطية إعلامية بهذا الوقت الوجيز، لكن د. جسار لن يسمح للبيروقراطية أن تمطر على حماسنا:

- حاولي أن تتواصلي مع بعض المعارف من الصحافة.. يا دكتورة

كان د. عمران مباشراً وعملياً عندما بدأ بتوجيه أسئلته إلينا في الوقت الذي توجه د. جسار لطلب الشاي

- ماذا عن المرضى د. مرام؟

- حضرت قائمة وسأتواصل معهم.

قطعت محادثتهم لأخبرهم بأن الصحفية تريد صورة رسمية وصيغة الخبر، ثم أضفت بسخرية، يعني أنها تريد خبراً جاهزاً وكل ما عليها فعله هو توقيعها ليصبح خبرها".

- عندكم صيغة الخبر؟

بدأت الكتابة في دفتري، لكني لم أكن سريعة بما يكفي في نظر د. عمران، الذي بدأ مباشرة بتحليل شخصيتي من خلال خطي، حسناً أعترف بأنه ليس أجمل خط في الوجود "تذكروا أني طبيبة.. لا أعرف طبيباً يكتب بخط جميل".. مرة أخرى أجد نفسي مخطئة عندما أخذ مني د. عمران الدفتر ومزق الورقة الأولى وبدأ بالكتابة بسرعة وبخط أنيق "حسناً، يبدو أن القاعدة لا تنطبق على كل الأطباء؟"

وخلال أقل من ساعة كان المقال والمرضى والدعوات جاهزة.. وكذلك تحليلاتنا النفسية.. وبالطبع لم يكن هذا الموقف ليمر دون أن نناقشه أنا ومرام في نهاية اليوم.. حتى لو حضرنا الحدث معاً..

- ظبية.. هل قال إنه طبيب أسنان، أم محلل نفسي؟ أظنه قال إنه يعمل كمحامي أيضاً؟

- يبدو لي أنه متعدد المواهب..

لكن عندما أرسلت إلينا الدعوات الإلكترونية، لم أستطع تجاهل الغضب الذي اعتراني بسبب تجاهلنا كمنظمين، ولم يكن الأمر مختلفاً جداً بالنسبة لمرام، هذه ليست المرة الأولى التي يتم فيها استغلالنا ومن ثم تجاهلنا، وإسكاتنا بصور السيلفي التي في الحقيقة لن تحتسب في رصيدنا العملي.. القاعدة الذهبية هي "إن لم يكن مكتوباً إذا فهو لم يحدث" هذه المرة أخذت موقفاً وأبلغت د. جسار بأنني لم أعد مهتمة بالورشة، وأنني لن أحضر بسبب تجاهلنا المتعمد، بسرعة قام بترقيع الموضوع وبحركة فوتوشوب صغيرة في جواله أضاف اسمينا على البطاقة الإلكترونية ليسكتنا، لن تكون هذه أول ولا آخر مرة، ولكننا لسبب لا أذكره رضينا بالمشاركة، ربما للمتعة التي تصاحب تنظيم المؤتمرات وفي الواقع أننا ننال فرصة أكبر للقاء النخبة من الأطباء المحاضرين..

كنا في قاعة المحاضرات عندما اتصل بي د. جسار ليخبرني بمشكلة في تسجيل المريضة، وبسرعة توجهنا إلى غرفة العمليات..

بينما كانت مرام تجري اتصالاتها، دخلت أنا للمكتب الصغير في غرفة العمليات الصغرى لأتفاجأ بوجود ممثل هوليوودي في غرفة العمليات.. شهقت وأنا أكلم مرام..

- مرام تعالي بسرعة

كان هذا د. باتيتسون الابن.. في مختبرات تخصص في تقنية استخلاص الخلايا الجذعية في المؤسسة التي يمتلكها والده "هاريسون فورد" أعنى بروفيسور باتيتسون الأب

- مرام.. ممثلو هوليوود كلهم مجتمعون هنا.. تعالي بسرعة

لم تتأخر مرام ودخلت المكتب على عجل، حتى كادت تصطدم بالشاب..

- مرام دعينا نتصور معه.. اسأليه كم سؤال؟ وأنا سأصور اللقاء بجوالي.. قد نستفيد من عرضه على وسائل التواصل الاجتماعي..

كان اللقاء ممتعاً جداً مع هاريسون فورد.. أقصد بروفيسور باتيتسون.. ولكني أتساءل.. كيف لرجل في السبعين أن يقف مستقيم الظهر هكذا؟ بالكاد بلغت نصف عمره والآلام تهاجم كل مفاصلي، وماذا عن العضلات التي تكاد تمزق ثيابه الجراحية؟ لا شيء يفضح عمره سوى شعره الأبيض الكثيف والمتلبد، الذي أظنه تركه عمداً فقط ليسخر من الزمن والشيخوخة؟ لا تدعوا المظاهر تغركم فالبروفيسور باتيتسون لم يلقب بالأب الروحي للخلايا الجذعية عبثاً؟ إن مجرد حديثه عن الخلايا واستخلاصها وأرقامها، كان كفيلاً بنقلي من قاعة المحاضرات إلى داخل جهاز الاستخلاص والسباحة بين الخلايا..

باتيتسون الابن لم يكن أقل خبرة ولا علماً رغم صغر سنه، ولم يسعني إلا أن ألاحظ كسلاً في جفنه الأيسر، ولكن وسامته تشفع له مثل هذا العيب، أو ربما هي لكسر عين الحسد عنه، "ماذا لو سمعني أحدهم أتحدث عن الحسد الذي لم أؤمن به يوماً؟"، رغم فضولي كنت أملك ما يكفي من الذوق ما يمنعني من سؤاله عن جفنه الأيسر، وبقيت أراقبه وهو يحادث مرام، عندما يلتفت فإن كل جانب من وجهه يبدو جميلاً، أليس هذا هو الوصف المناسب لفارس الأحلام في القصص الخيالية، هذه النوعية من الرجال موجودة في الجهة الأخرى من العالم.

على الغداء جلسنا مع د. عمران الذي فقد جزءاً كبيراً من خجل لقائنا الأول، وأخبرنا عن اهتمامه بالخلايا الجذعية، كان د. عمران يبدي اهتماماً كبيراً بنا، لم يسعني وقتها إلا أن أفكر بأسوأ الاحتمالات، ومرة أخرى أكون مخطئة حيث أخبرنا بأنه يطمح إلى إقامة مؤتمر دولي عن العلاج بالخلايا الجذعية وأنه يريد أن يشركنا ضمن فريق تنظيم المؤتمر..

بعد أن انتهينا أخيراً من الترتيب للورشة، اتصل بي د. عمران وأنا أقود سيارتي في طريقي للمدرسة، ليخبرني بأن فني الصوت الذي حضر معهم تعرض لإصابة وهو يعمل على نقل الأجهزة، وحيث أنه لا يحمل بطاقة صحية تعذر تسجيله للعلاج.

لذا عدت بعد أن أخذت فارس من المدرسة وأخبرت مرام، التي اتصلت بي في المساء، بينما كنت ما أزال في قسم الطوارئ بعد أن أتممت معالجة الفني:

- ماذا تفعلين في المركز بعد، على حد علمي أن مناوبتك ليست اليوم؟

- لقد اتصل بي د. عمران وخجلت أن أردّهم بدون مساعدة، لقد أنهيت خياطة الجرح منذ زمن.. لكن النظام الجديد بطيء جداً..

لا يمكنني أن أرفض مساعدة مريض بسبب النظام الإلكتروني وتعقيده، المهم عندي أن فارس لا يمانع فقد اعتاد مرافقتي في المناوبات، والممرضات يستمتعن بتدليله..

* * *

عندما تدخل البيروقراطية يرحل الابتكار

كنت أرتب أوراقي عندما اتصل بي د. جسار وأخبرني بأن الخبراء على استعداد لتقديم محاضرة وورشة عمل جديدة، وأن هذه فرصتنا إن كنا ننوي تطوير أنفسنا بصدق، أخبرت مرام لتبدأ تنظيم وحجز قاعات المحاضرات، وبدأت أنا بجمع المرضى، أبلغنا رئيس القسم بأننا ننوي العمل على هذا المشروع بأنفسنا فرحب بالفكرة، شجعنا د. عادل لنشارك في ورشة العمل، منظمين ومتحدثين كما أنه سيدربنا شخصياً لإجراء عملية الاستخلاص..

ومرة أخرى بدأت مرام ترتب قائمة المرضى، بينما أجريت أنا الاتصالات الواحد تلو الآخر، طلبنا من السكرتيرة أن تقدم طلبنا للحصول على نقاط الساعات العلمية المعتمدة، وبعد مراسلات عدة تمت مقابلة طلبنا بالرفض..

- دكتورة يجب إرسال المحاضرات بالكامل.. ثمانية أسابيع قبل المؤتمر.. ولا تنسي السير الذاتية لجميع المتحدثين.. وأيضاً لا يمكننا الترويج لأي منتج أو شركة خاصة.. ماذا سنفعل الآن؟

- ماذا عن قاعة المحاضرات؟

حكت السكرتيرة رأسها:

- قاعة المحاضرات محجوزة في اليوم الذي سيحضر البروفيسور..

أطرقت مرام، ليس الوقت مناسباً لإحباطها، لكنها كانت مطرقة تفكر، ثم ما لبثت أن توجهت للسكرتيرة:

- لماذا نجد في كل خطوة عقدة.. حسناً ماذا عن ركن الابتكار؟ هل يمكننا حجزه للمؤتمر...؟ حاولي معهم من فضلك..

اختفت السكرتيرة للحظات في مكتبها ثم عادت تطرق بقلمها على ملفها "ماذا الآن؟"

- أخبرينا، هيا لا تخفي شيئاً..

- لقد حجزت ركن الابتكار، ولكن هناك مشكلة تقنية في البث الحي..

- دعي شركة التصوير تحل المشكلة.. ودعينا نركز في مسألة الدعوات والأجندة والمحاضرات.. مرام دعينا نسأل مديرة المركز إن كانت تستطيع مساعدتنا فيما يخص الساعات العلمية؟ وكان ردها:

"بإمكانكم الاستمرار بالمحاضرات، لكن لا تعولوا كثيراً على الساعات العلمية"..

مع الساعات العلمية أو بدونها سنستمر في المحاضرة، لن نسمح للأمر أن يثبط عزيمتنا، أبلغنا دكتور د. جسار بخبر رفض الساعات العلمية، لكنه لم يهتم كثيراً، أرسل لنا مخطط العمل وأخبرنا أنه سيحضر شركة هندسة صوتيات وتصوير، وبالطبع جلسنا مع المهندس حتى نتدرب على المحاضرات..

قبل الورشة بيوم، اتصلت بي مسؤولة ركن الابتكار لتخبرني أن هناك مشكلة في الاتصال بالإنترنت، أرسلت مرام لتتفاهم معها لأني لم أستطع تفسير كلمة مما قالته، وأنا غارقة لأذني في أعمال العيادة، عادت مرام وقالت بسخرية:

- لقد هزمتنا البيروقراطية أيها السيدات والسادة.. هذا كل ما في الأمر..

انتظرتها حتى جلست بقربي وسألتها:

- ماذا كانت المشكلة؟

أكملت مرام تناول حبة موز بيدها ثم أخذت تهز القشرة:

- ليست سوى سخافة.. هناك من يحب أن يعرقل الأمور حتى يعرف الجميع أنه يعمل.. فرانكو فني الإلكترونيات، خبير في كل هذه الأمور وقد أخبرني بأن حل المشكلة بسيط، لكنه لن يساعدنا.. فعلى حد قوله "ما دمتم طلبتم شركة متخصصة لهندسة الصوت، فليحلّوا الموضوع" لا أحد يريد المساعدة غير أنهم يظهرون فجأة وقت التكريم.. لا عليك.. أخبرت د. جسار ود. عمران وقد وعداني بحل الموضوع.. هل فرغتِ من تعديل محاضرتك؟

- أنا أعمل عليها.. لا تقلقي ستكون جاهزة قبل نهاية الدوام..

* * *

مــــرام

أفكار

اعتدنا المرور بمكتب سكرتيرة مدير المستشفى لمشاكستها، وأيضاً تقصي صحة الأخبار التي تصلنا وخاصة أننا لا نثق كثيراً بكل ما تنقله لنا فتون، عندما مر بنا المدير وسألنا معاتباً:

- أيها التوأم.. أخبراني متى ستبدآن بأخذ الحياة بجدية؟ ماهي خططكما للمستقبل؟ هل ستقضيان حياتكما المهنية ممارساً عاماً؟ إلى متى؟ الدنيا تمضي وأنتما في لهو ولعب..

لماذا يظن الجميع أننا نلهو ونلعب؟ غمزت لي ظبية بأن "هذه هي فرصتنا" فانطلقت بالحديث عن أفكارنا:

- دكتور في جعبتنا الكثير من الأفكار. ولكننا بحاجة إلى دعمك ومساعدتك.

- أنا حاضر بما تأمرون به، لكن عليكم أخذ المسألة بجدية هذه المرة.

وليثبت جديته في موضوع الدعم أمر السكرتيرة بتسجيل موعد رسمي ليناقشنا في خططنا، ثم التفت إلينا وقال بجدية:

- سيكون موعدنا يوم الثلاثاء، أتوقع منكم أن تحضرا لي ملفاً بأفكاركما وخططكما..

شدت ظبية على يدي "جهزي دفترك وأفكارك يا مرام"

- هل تظنين أن باب الحظ سيفتح لنا أخيراً

وضعنا عدداً من الأفكار للمستقبل، ولكني خشيت ألا تتقبلها ظبية، فقد كنت أفكر جدياً بتغيير توجهي الوظيفي، وقد بدأت البحث فعلياً عن تخصصات في الجامعة لدراسة الماجستير، لقد أشعرني دعم المدير بالحماس، ولكني أكثر خبرة من أن أعول كثيراً على التغيير، لقد قال إنه سيتابع تقدمنا شخصياً وسيدعمنا في أي فكرة قررنا تنفيذها.. ولكني لا أستطيع تجاوز شكوكي تماماً..

- ما رأيك يا ظبية؟

- أنت فصّلي وأنا سألبس يا مرام..

قررنا عندها أن نطرق عدة أبواب، وبدأت الأفكار تتزاحم في رأسي لدرجة أفقدتني القدرة على النوم، وبقدر حماسي بدأ الرهاب يتسلل إلى داخلي خوفاً من الفشل، أو ربما كان خوفاً من شيء آخر، كيف سأتمكن من الموازنة بين واجبي كطبيبة ومهامي كأم وكذلك الدراسة؟ هل سأتمكن حقاً من تحقيق النجاح لو بدأت دراسة الماجستير، هيثم أخبرني بأن الوضع قد يكون صعباً، ولم يخفِ عني قلقه من تأثير كل هذه المهام على وضعي النفسي، وماذا عن متطلبات برنامج الاعتماد الدولي.. كل هذه الأمور تفقدني صوابي مئات التقييمات التي لا تنفع بقدر ما هي مزعجة، بل أكوام من الأعمال المكتبية والأوراق المطبوعة، لم تعد أربع وعشرون ساعة كافية ليومي، منذ أن عدت للعمل وأنا لا أترك دقيقة للراحة، وكأني أريد أن أثبت شيئاً، ولكن ما الذي أريد إثباته ولمن؟ كل ما أعرفه هو أني بدأت البحث عن عمل بدوام جزئي في عيادة خاصة، لأتمكن من سداد أقساط البنك، وأيضاً كخطة بديلة لي في حال قررت ترك العمل في المستشفى..

* * *

من المشاريع التي بدأنا بها أنا وظبية كانت ورش العمل والمحاضرات التدريبية، وقد انصب تركيزنا على تلك المتعلقة بالجروح المزمنة والليزر والطب التجديدي، كما بدأنا بتصوير الكثير من مقاطع الفيديو التثقيفية وبدأنا نشرها في مواقع التواصل الاجتماعي، ساعدني هذا كثيراً في التغلب على رهاب الظهور، وبدأت بإلقاء المحاضرات التي كنت أكتفي بترتيبها وتنظيمها، واليوم تبدأ ورشة عمل الطب التجديدي، وبالطبع كانت ظبية

تغطي المناوبة، وكأن فتون تتعمد شغل إحدانا بالمناوبة في أي ورشة عمل يرتبها القسم، مع علمها التام بأننا نحن من نقوم بتنظيم ورش العمل والمحاضرات، كما أننا نتناوب على أداء وظيفة عريف الحفل ومتحدثين، لكن يبدو أنها تنسى ذلك دوماً.

توجهنا إلى مكتب رئيس القسم لنذكره بدوره في إلقاء كلمة ترحيبية لضيوف ورشة العمل، كانت ظبية قد أعلنت أنها لن تشارك كمدربة هذه المرة كونها تغطي المناوبة، ورغم أن بعض الزملاء تبرع بأن يغطي مناوبتها ريثما تنتهي المحاضرات، إلا أنها كانت تعلم أن فتون ستجد طريقة لتظهر تقصيرها، شعرت ببعض الخوف من تحمل مسؤولية ورشة العمل وحدي، خاصة بعد أن تخلى د. جسار عن دوره كمسؤول للتدريب في القسم بعد خلافه مع قسم التدريب والابتكار، لأن أدمغتهم، كما قال، لا تصلح للابتكار، وأنهم عبيد للبيروقراطية الكسيحة، ولكني لحاجة في نفسي رغبت في التركيز في المهام التدريبية والتطويرية، لعل هذه الخبرة تعينني في دراسة الماجستير والذي كان يدور حول التعليم الطبي، كان الوقت لا يزال مبكراً على بدء ورشة العمل، لذا قررنا أن نتعاون للقيام بالجولة الصباحية أنا وظبية، وتقسيم المهام حتى يتسنى لنا الانتهاء قبل موعد المحاضرات.

لحسن الحظ أن موسم الحروق قد مرّ بسلام، وكان جميع مرضانا بحالة مستقرة، لذلك لم تكن الجولة طويلة وتمكنا من إنجاز مهامنا بسرعة، قبل أن يتصل بي د. عادل ليستفسر عن مكان المحاضرات، وبعدها بعدة دقائق، ليتأكد من الحضور، ثم ثالثة ليستعجلنا للقدوم، وما أن دخلنا حتى بدأ بتوبيخي على تأخري:

- أنتِ غير منظمة.. كان د. جسار ليقوم بعمل أفضل..

لم يكن سهلاً علي ألا آخذ هذا التوبيخ على محمل شخصي، ولكني قررت بألا أسمح لكلماته أن تثبط من عزيمتي، لذا أخذت نفساً عميقاً ورتبت شيلتي التي ما تلبث أن تنزلق في كل الأوقات الخاطئة، وكعادتها وقفت فتون متأنقة بابتسامتها المستفزة وهي تستمتع ببؤسي، من الواضح أنها قد أخذت راحتها في الحضور للدوام هذا الصباح، حيث أن العيادة قد ألغيت ليتمكن أعضاء الفريق من حضور ورشة العمل، بينما رفضت الحيزبونة رفع إصبع واحد لتسهيل عملنا كمنظمين، بل عملت جاهدة على عرقلة كل الترتيبات بحجة النقص، وكانت تسرع باكية لمكتب د. عادل كلما أسكتتها ظبية، ثم تعود لتنتقم منا بقرارات مستحدثة تقلص بها صلاحياتنا أكثر وأكثر، يا لها من خبيثة.. لابد أنها مستمتعة الآن برؤية د. عادل وهو يوبخني، لكني لن أسمح لها بذلك، رفعت رأسي وقلت بهدوء:

- أنت محق، كل ما تقوله صحيح.. لا يمكنني أن أتحمل مسؤولية المرور على المرضى، وتغطية المناوبة وتنظيم المحاضرات وإلقائها.. والتغطية الإعلامية.. بينما يستمتع بعضنا برفاهية الحضور كضيوف شرف والحصول على ساعات التدريب، باردة مبردة.

لم يكن ردي متوقعاً بالنسبة للرئيس الذي التفت إلى فتون وقد تلون وجهها بمئة لون، وقال مازحاً:

- لقد أسكتتني مرام الخجولة.. ماذا أقول.. متى ستبدأ المحاضرات؟

استرقت النظر إلى ساعتي، ثم قلت بشكل عملي:

- لقد انتهينا للتو من جولة المرور على المرضى، وما يزال لدينا عدة دقائق حتى نبدأ، أرجو أن تكون قد حضرت كلمتك..

رسمت بسمة مصطنعة خاطفة، وانسحبت بهدوء بعد أن أنقذني مهندس الصوت الذي أراد إجراء فحص سريع قبل أن نبدأ، تذكرت أني كنت أحبس أنفاسي طوال الوقت، وأغرس أظافري في راحة يدي لأسيطر على انفعالي، لا يجب أن أظهر حساسيتي الآن، ولا توتري أوغضبي وحنقي.. شغلت أغنية في سماعتي وجلست في زاوية القاعة أتظاهر بأني أتمرن على المقدمة، حتى ربتت السكرتيرة على كتفي لتخبرني بأن الحضور قد اكتمل، وأن الوقت حان لبدء الورشة..

سرت بثبات بلاستيكي، واعتليت المسرح وتمتمت بسخرية "لابد للعرض أن يبدأ"

"السلام عليكم ورحمة الله وبركاته "

حضورنا الكريم، أطباءنا الكرام

اسمحوا لي أن أرحب بكم... في ورشة العمل.. ورشة العمل الرابعة للطب الابتكاري برعاية.. برعاية

قسم العلاج المبتكر والتجميل..

إن فكرة إيجاد....

صوتي يتقطع والكلمات تتزاحم في حلقي وترفض الظهور، حبيبات العرق تندي جبيني، الغضب يتراكم مع شعوري بالرهبة، ويرتجع مع العصارة في جوفي ليشعرني بالغثيان، ظننت أني تجاوزت رهاب المسرح، لكن الموقف السخيف الذي تعرضت له أربكني:

إن إيجاد علاج كامل للأمراض المزمنة.. خطوة أخرى يخطوها الطب الحديث.

حضورنا الكريم

اسمحوا لي أن أتقدم بالشكر لرئيس قسمي الدكتور عـ.. عـ. عادل.. الدكتور عادل المبارك على دعمه المستمر..

ردد صوت بداخلي من تخدعين؟؟ أمعنت النظر إلى حفنة المنافقين الذين يتحلقون حول رئيسي إنهم يتهامسون معه، هل ينتظرون سقوطي؟ إنهم حتى لا يعيرونني أي اهتمام، وكأن كل منهم وجد أخيراً فرصة ليثبت فيها أنه الأفضل والأجدر؟ كيف لهذه المنافسة أن تكون عادلة؟ يتنافس الجميع على مناصب ولكنها لا تعدو كونها مسميات فارغة ومهاماً أكثر دون أي إضافة حقيقية للامتيازات؟ ماذا فعل قسم التطوير سوى عرقلة كل خطوة لهذه الورشة وغيرها من الورش التعليمية؟ رفعت ناظري إلى رئيسي وتذكرت ما قاله قبل قليل:

"أنتِ لا تجيدين تنسيق المؤتمرات.. كان د. جسار ليقوم بعمل أفضل.."

كانت هذه العبارة تطن في أذني مثل ذبابة مزعجة تفقدني صوابي، تنخر في ثقتي المهزوزة أصلاً، لكن ما الذي أجيده حقاً؟ أتراهم يرون ضعفي؟! هل أستطيع فعلاً أن أكون ناجحة مثل د. جسار؟ وما هو تعريف الشخص الناجح فعلاً؟

اسمحوا لي أن أشكر الدكتور عادل المبارك على دعمه المستمر للعملية التعليمية.. و.. ودعمه للرحلة التعليمية،

"تبا ها أنا أكرر الكلمات، ولكن الكلمات الماكرة لا تقف ثابتة على الورقة المطبوعة"

وأشكر زملائي وزميلاتي في القسم على التعاون معنا لإنجاز هذا العمل"

صرخ الصوت بداخلي "كاذبة.. كاذبة.. ليسوا فريق عمل.. ليسوا سوى مجموعة من السلبيين المنافقين، الذين يكرهون نجاحك أنتِ وظبية" ولكن هل كان ذلك نجاحاً؟ هل سأكون في يوم ما ناجحة دون اعتمادي على ظبية؟

تذكرت الأسبوع الماضي توبيخ رئيسي لي بسبب غيرة فتون، تذكرت الانكسار الذي شعرت به، تذكرت عدد الساعات التي أمضيتها لكتابة تقارير ورش العمل والمبادرات، التي لا تحتسب في تقييم الأداء السنوي، ثم تحصل فتون على الترقية، لقد مللت هذا الوضع ومللت المطالبة بالمستحيل، لم يعد لدي الطاقة للسباحة عكس التيار، ليس استسلاماً ولكن... لكن..... استحقاقاً.. لست بحاجة لأن أثبت شيئاً لأحد..

أعزائي الحضور لن أطيل حديثي، ولكن قبل أن أختم كلمتي اسمحوا لي أن أشكر سندي الوحيد والداعم الأساسي لي في هذه الرحلة رغم حدة الضغوطات والمنافسات الداخلية والخارجية..

أشرت بفخر إلى آخر القاعة فالتفت الجميع ليراها تقف في آخر الصف تشرف على كل شيء في الظلام..

"أختي العزيزة دكتورة ظبية سالم"

أرجو من الدكتور عادل المبارك إلقاء كلمته...

سلمته الميكروفون وتركت المنصة دون أن أنظر إليه ولا إلى فريق العمل المزيف الذين كانوا يتبادلون الهمهمات..

بينما ابتسمت لي ظبية التي هزت رأسها وتمتمت "كم تحبين الدراما يا مرام!"

ظبية

عطاء وعواء

نظرت إلى اللوحة البيضاء التي ملأتها مرام بتواريخ ورش العمل التدريبية والمؤتمرات لأرتب أجندة هذا الشهر، كنت متحفظة على فكرة السبورة، ورغم أن مرام تظن بأن هذه المبادرة قد تشجع الزملاء للمشاركة بأي من الفعاليات، ولكنني أعرفهم أكثر من أن أثق بأن بعضهم لن يدخر أي حجة يمكن أن تستخدم ضدنا، عشرة أيام مجموع الأيام التي سنشارك فيها أنا ومرام في حملة التوعية بسرطان الثدي، عشرة أيام كافية لفتون الحيزبونة أن تتسبب لنا بمشكلة ما، لا أدري ما هي ولكنني واثقة من أنها لن تسمح

لفرصة كهذه أن تضيع منها، في كل عام تكون هذه الحملة لمدة سبعة أيام فقط ولكن هذه السنة مختلفة فقد أكملت عامها العاشر، ما زلت أذكر الممرضة التي أخبرتني عنها قبل سنوات عدة، لم نكن ندرك وقتها المهام التي تنتظرنا في هذه الحملة التوعوية، في ذلك العام كنا فريقاً متقداً من النشاط يقودنا د. جسار، الذي شجعنا على الالتحاق بالكثير من المؤتمرات والبقاء على اطلاع دائم بكل ما هو جديد في عالم الطب، وعدم حبس أنفسنا في قوقعة الروتين الممل، وإلا سيطوينا التاريخ كما يطوي كل شخص يعمل بصمت، فالعمل عند د. جسار يجب أن يقترن بالضجة الإعلامية، وكما يقول فإن مشكلتنا تكمن في هذا العصر بأن الحمقى أصبحوا مشاهير، وأن الجميع يقتدي بهم والأدهى والأمر أنهم بدأوا بنشر النصائح الطبية والمعلومات الخاطئة، وهنا يأتي دورنا لتصحيح هذه المعلومات الخاطئة، ولن نتمكن من ذلك قبل أن يكون لنا شعبية عالية، بالطبع مثل هذه الخطابات جعلت عيني مرام تلمع ببريق العزيمة، مرام التي عادت بعد الاستقالة بروح مختلفة، ولم أمانع بالمشاركة إذ لم تكن فكرة سيئة بالنسبة لي، أذكر أن د. جسار كان يقول لنا دوماً أن نظهر أنفسنا ونظهر أعمالنا للعالم، فما المعيب لو علم الناس بإنجازاتنا، إننا نعمل بجدٍ على كل حال، إن كان ما نفعله يصب في الابتكار ومصلحة العمل، ورغم أن كل طريق للنجاح سيكون صعباً بلا شك، لا المانع من إظهاره بطريقة أنيقة ومبتكرة، حيث أن من واجبنا كطبيبات أن نثبت جدارتنا، ونضرب مثالاً يحتذى به..

في السنة الأولى لانضمامنا إلى صفوف حملة التوعية بالسرطان، صدمتنا قائمة المهام وساعات العمل، كما أننا ترددنا قليلاً في المشاركة في المناطق النائية، لكن كل هذا تغير الآن، أدركنا بعد عدة مشاركات أن المناطق النائية لم تكن بالبعد المستحيل الذي ظنناه، وأن جمال مشاركتنا يكمن في فرصة اللقاء بسيدات من كافة طبقات المجتمع، ربات البيوت، الأمهات العاملات، المثقفات

ومن استعضن عن الدراسة بالكثير من الخبرات في الحياة، ومع كل مشاركة كنا نسمع قصصاً وأحاديث ومواقف من سيدات رائعات، حبسنا دموعنا لبعض هذه القصص، وانتظرنا بشوق لنتشاركها أنا ومرام، إحدى هذه السيدات كانت موظفة بيع في أحد المراكز التجارية التي كانت فيها عيادات الفحص التابعة للحملة، وقد تمكنت الممرضة من إقناعها بالفحص بعد محاولات عدة، وقد وجدت الطبيبة ورماً عند الفحص السريري، لذا حولتها لإجراء مزيد من الفحوصات، لتتأكد فيما بعد أنها مصابة بسرطان الثدي، بالطبع كان وقع الخبر كالصاعقة على السيدة التي تعيل وحدها عائلتها في الفلبين، لكن الحملة تكفلت بكافة مصاريف علاجها، بل ووظفتها سفيرةً للحملة لتروي قصتها وتشجع السيدات على إجراء الفحوصات الدورية، أذكر أنني بكيت كثيراً عندما سمعتها تروي قصتها في إحدى الفعاليات التي تقيمها الحملة للتوعية بضرورة الكشف المبكر..

تأكدت من إرسال خطاب طلب المشاركة في فعاليات الحملة التوعوية لقسم شؤون الموظفين، وهذا بناءً على اتفاقية للتعاون المشترك بين الحملة ومركزنا الصحي، ولكن قبل أسبوع من بدء الفعاليات اتصلت بي الموظفة لتخبرني أن الطلب مرفوض، وأن بإمكاني المشاركة لو وافق على ذلك رئيس القسم، بسرعة راسلته عبر الإيميل، باسمي واسم مرام، ثم أخبرتها بأن عليها أن تحذو حذوي، وأرفقنا الخطاب في الرسالة، ولأني أعرف من تجارب سابقة مدى عدم كفاءة تلك الموظفة سجلت ذلك في مذكراتي، فقد نسيت في العام الماضي أن ترفق الخطاب، واحتسبتني غائبة للأيام التي شاركت فيها في الحملة، ثم تداركت الخطأ عندما وبّختها وأطلعتها على نسخة الرسالة التي احتفظت بها، فما كان منها إلا أن قالت بكل برود:

- أوه.. لقد نسيت إرفاقها.. ماذا أفعل الآن؟

شعرت بالغضب يستلم زمام الرد عليها واندفعت كلماتي:

- أنت تسألينني كيف تقومين بعملك؟ لا أدري، ولكنك ستتصرفين وإلا رفعت شكوى فيك..

- يا دكتورة ليش معصبه الله يهديج..

- لقد احتسبتني غياب لمدة سبعة أيام بلا سبب، وعرضتني للتحقيق بسبب إهمالك، أنا أتعرض للتوبيخ والإهانة والخصم من راتبي، ثم تسأليني ليش معصبه؟

خاطبت مدير المستشفى والمدير التنفيذي ورئيس القسم، ما تعلمته من تجربتي مع إدارة المستشفى وخدماتهم أن كل ورقة وكل خطاب، يتوجب عليّ الاحتفاظ بها، وتقييدها في دفتر خاص لذلك، تحسباً لأخطاء "السيستم" الذي أصبح شماعة لأخطاء مستخدميه..

كانت مرام تزين اللوحة البيضاء وتكتب كل فعالية بلون مختلف عندما لاحظت تغامز فتون ومروة، وسخريتهم منها، لكن مرام تعمدت وضع الفعاليات على السبورة، لتحفز أطباء القسم عبثاً للمشاركة في الابتكار تماشياً مع الرؤية العامة للمركز الصحي، ولكن أحداً منهم لم يبدِ أي اهتمام بالمشاركة، بل على العكس كانوا يدأبون على تثبيط عزيمتها، وإن لم تنجح مساعيهم بإحباطنا توجهوا بالشكوى إلى رئيس القسم، الذي يسارع إلى توبيخنا، وفي الوقت ذاته يشجع ويحب الابتكار، ويستمتع بمنافسة أقسام المستشفى في الحصول على المركز الأول في مسابقة الابتكار في العلوم الطبية، ولا يرضى بأقل من المركز الأول، أذكر جيداً أنه قال لمرام العام الماضي عندما فزنا بالمركز الثاني:

- لا أحد يذكر المركز الثاني.. لذا لن أحضر حفل التكريم..

ورغم أنه حضر حفل التكريم شعرت مرام وقتها بالحزن والإحباط، لأنه العام الذي استلمت فيه مسؤولية الابتكار والتعليم في القسم، وعلمت بأنها لا تستطيع مجاراة د. جسار في طاقته الابتكارية، وأفكاره المتلاحقة، وفي الوقت ذاته التصدي لمعاداة فتون لكل مشروع تقوم به، التي كانت تقنع د. عادل برفض المشروع أو تأجيله بحجة النقص، ولم يكن هو بذاته يرد لها طلباً، فهي في نظره "صاحبة التفكير العملي".

وبالرغم من كل احتياطاتنا، وجدت رسالة من فتون تبلغني بأن قسم شؤون الموظفين قاموا بجولة ميدانية خاطفة، وسألوا عنا خاصة، وقد تمت إحالتي مرة أخرى للتحقيق لأنني أشارك في هذه الخدمة المجتمعية، حيث سألني رئيس اللجنة المتعالي:

- وماذا تفعلين في الحملة؟ هل تستمتعين بالمجد الزائف للحظات عندما تظهرين في التلفزيون؟

فأسهبت في الشرح وأنا أضغط على كل كلمة أتفوه بها:

- دعني أنيرك فيما يتعلق بدوري كطبيبة متطوعة في حملة التوعية بسرطان الثدي.. أنا أيها الزميل الطبيب أساهم في المحاضرات التوعوية، وإجراء الفحوصات السريرية للكشف المبكر عن سرطان الثدي، وبينما تعمل حضرتك على تحطيم زملائك وأشقائك الأطباء، وتقلل من أهمية مثل هذه الفعاليات، تجاوزنا في حملة التوعية بسرطان الثدي لهذا العام الهدف الذي كنا نسعى إليه، وتمكنا أنا وطاقم من الأطباء والممرضين

من إجراء فحوصات سريرية مجانية وفحوصات ماموغرام، وقد تكفلت الحملة بعلاج السيدات اللاتي تم الكشف عن إصابتهن بأورام في الثدي. حريّ بك إياها الزميل أن تقف فخراً، وتشجع مثل هذه المبادرات التي تعكس صورة مشرفة عن المدينة..

ولم يتأثر مدير اللجنة بكلامي بل قرر خصم راتبي للأيام التي شاركت فيها في الحملة الوردية، رفعت رأسي وأنا أغادر اللجنة، فعلى عكسهم لقد حظيت بشرف المشاركة في حملة الأمل المعطاءة، وتذكرت أن الكلاب تنبح والحملة تسير. أكثر ما يستفزني ويقهرني في مثل هذه اللجان أن أعضاءها والذين أعرفهم جيداً، ليسوا أبداً من الملتزمين بالدوام، لكن بقي سؤال يؤرقني، لقد أخبرتني زميلة من قسم شؤون الموظفين أن أحداً من القسم وشى بنا، وأوصاهم بالتستر عليه، لم يكن من الصعب جداً اكتشاف هوية الواشي "فتون" بالطبع..

في الاجتماع الأسبوعي، وبعد جدال طويل وعقيم عن القوانين الجديدة، التي يبدو أن الجميع معترض عليها ولكنه ينتظر شخصاً آخر ليأخذ القرار، أعلنت مرام بفخر عن إحصائيات مشاركتنا في الحملة:

- لدي أخبار رائعة، لقد نجحنا في حملة التوعية بسرطان من تخطي الهدف المرجو لهذه السنة بعدد الفحوصات.. كما تمكنا من تغطية كافة المناطق التابعة للمدينة والقرى المجاورة..

كانت هناك بعض همهمات المباركة والتشجيع، ولكن مرام أكملت بهدوء بارد وهي تطوف بعينيها على جميع أفراد القسم:

- لكن وبينما نحن نشارك في هذه المبادرة السامية، ورغم أننا قمنا بكل

الإجراءات الإدارية المطلوبة، وجدنا من يحاربنا من داخل القسم، وقد أطلعتنا مسؤولة الحضور باسم الزميل أوالزميلة التي قامت بهذا الأمر، كل ما أريد قوله أن هذا الفعل يليق بالأطفال وليس بالأطباء..

تعالت الهمهمات، ثم بدأت الأسئلة حول هوية الواشي، ولكن مرام رفضت أن تكشفها، واكتفت بالقول:

- لن أكون مثلهم، ولكنهم يعرفون أنفسهم..

مرام كانت بالطبع تعني فتون، ولكن تعابير وجه د. عادل التي فضحت شعوره بالذنب صدمتني جداً، وتساءلت إن كان يرفض مشاركتنا في مثل هذه الأنشطة المجتمعية، لماذا وافق منذ البداية ولم يصارحنا برأيه؟ علمت وقتها أنه لم يعد أخي الأكبر، بل مديري، وصار تواصلي معه شحيحاً بعد هذا الموقف.

* * *

مـــرام

تلبية النداء ورهبة الوباء

حدث ما لم يكن أبداً في الحسبان، واجتاح العالم إعصار كورونا، ليقف العالم مستنفراً، وتتوقف المؤشرات الحيوية، تضاربت الأخبار والتوصيات، خلت الشوارع، واختبأ الناس في البيوت، فقدت الأسواق صخبها، وخبا بريق المراكز التجارية، وهُجرت الجامعات والمدارس.

توقفت كل عملياتنا الجراحية، واقتصرت عياداتنا على مرضى الحالات الطارئة، التي زادت أعدادها في هذه الفترة الحازمة من الذعر والترقب، أصبح البشر كتلاً

متحركة من الأعصاب، وبالأخص بعد أن أجبر الناس على البقاء في منازلهم، زادت الاشتباكات وبالتالي زادت حالات الطعن والعراك، خلافات بسيطة كانت كافية لتحريض شخص متوتر من الوضع الراهن ليبدأ النزال.

كنت في مكتبي أحاول فهم درس جنى للعلوم، فمنذ أن بدأت الأزمة اضطررت لدراسة المنهج حتى أتمكن من شرحه لبناتي، ها قد تحقق المثل وأصبحت الأم مدرسة فعلياً، لكن هذه الأم تعمل طبيبة، خط الدفاع الأول في هذه الأزمة، لكننا شهدنا ارتفاعاً غير مسبوق بحالات الحروق، التي زادت بسبب اتباع بعض الخرافات التي انتشرت في وسائل التواصل الاجتماعي عن وصفات لمعقمات منزلية الصنع، أو خرافة أن الحرارة تقتل الفيروس، ناهيك عن حالات الجروح الناتجة عن الاشتباكات، وبسبب حالة الطوارئ القصوى التي عمت العالم تم تعليق إجازات الكادر الطبي في جميع المنشآت، ولم يكن الأمر سهلاً البتة، ولست أتذمر ولكن حاجة أمي لإجراء عملية جراحية وطلب إجازة المرافق الذي تقدمت به، قوبلا بالرفض القاطع، ولم تكن مسؤولة شؤون الموظفين لطيفة جداً عندما قالت:

- لا إجازات للأطباء.. فلتبحث أمك عن بنتٍ أخرى ترافقها للعملية..

وكالعادة تجمد لساني ولم أتمكن من الرد عليها بما يتناسب مع أسلوبها الفظ، وعندما أخبرت د. خالد بما قالته استشاط غضباً:

- من تظن نفسها لتحدث طبيبة بهذا الأسلوب؟ أخبريني بالله عليك يا مرام.. ماذا تملك هذه الإنسانة من المؤهلات العلمية؟ أي منصب أو شهادة تمنحها الحق لتخاطبك بهذا الأسلوب الوقح؟

لم يستطع د. خالد الجلوس لفرط غضبه، كان يشبر المكتب جيئة وذهاباً..

- مرام.. أتعلمين لو أنها قالت لي هذا الكلام؟ والله.. والله يا مرام لكان الوضع انتهى في مركز الشرطة.. إيش قلة التربية ذي؟ معقولة بس يا مرام.. هذي إنسانة أدب سيس.. إيش قولتي لها سينباي؟

- لا شيء.. لم أعرف إن كانت تمزح أو أن هذا أسلوبها..

- سكتي سينباي؟؟ سكتي ليه؟؟ سينباي أنا أحترم طيبتك.. لكنك تمرضيني بيها أحياناً. ليه سكتي؟ انتي عارفة ايش المفروض مكانة الطبيب؟ أخبريني عن وظيفة واحدة.. واحدة.. أي وظيفة تستحق الاحترام مثل الطبيب، أخبريني يا مرام.. هل يمكن أن يأتي يوم يقول فيها العالم لسنا بحاجة إلى أطباء؟

طرق بقوة على المكتب حتى شعرت باهتزازه، وهو يضغط على كل كلمة يقولها:

- اليوم يا مرام.. أكثر من أي وقت مضى.. يجب تبجيل الأطباء.. أخبريني يا مرام، لو أصيبت تلك المتعجرفة بحرق لمن ستلجأ؟ أخبريني.. هل ستلجأ لملفاتها أو سجلات الحضور والانصراف؟ أم أنها ستلجأ لنا؟ ولك بالذات بحكم الثقافة، كونك طبيبة امرأة.. إذاً لماذا تتعالى علينا؟ ما الذي يعطي أي أحد من الإدارة الحق بالتحدث إلينا بهذا الأسلوب الوقح؟ جميعهم في إدارة المستشفى يعملون عن بعد منذ بدء الأزمة، لذا أي سلطة يملكون علينا؟ لسنا بحاجة لجهاز البصمة، لقد انخرطنا في هذا العمل بملء إرادتنا، أنت وأنا وغيرنا الكثير من الأطباء والممرضين، تركنا

أبناءنا وعائلاتنا، معرضين أنفسنا لخطر الإصابة في كل لحظة نمضيها هنا، لقد أتينا للعمل طوعاً بملء إرادتنا.. لسنا بحاجة لهم ليراقبوا عملنا.. ثم أخبريني.. أليس الوالدين أحق الناس بخبرتنا ووجودنا معهم في أزماتهم الصحية؟

كنت أستمع إليه بصمت وأنا أرسم خطوطاً على قصاصة ورق، اكتشفت بعدها أني رسمت طائراً في قفص، لم أعرف كيف تمكنت من تصوير الخوف في عيني الطائر، لكني شعرت وقتها بأني حبيسة هذا الوضع، منذ أن عدت للعمل وأنا أحاول كثيراً أن أطرد أفكاري السلبية، ولكني ما زلت أشعر بأنني لست في مكاني الصحيح، لربما كان هذا سبباً لأجرجر ظبية معي في دراسة الماجستير في تخصص إداري، بدأت مؤخراً أشعر بأنني أجري في كل الاتجاهات، فرض علينا تعلم أساسيات إدخال أنبوب التنفس والإنعاش، واقترحت مروة أن علينا إجراء قرعة ليغطي أحدنا المرضى في المستشفى الميداني، بالطبع كنت أنا الأولى، ونقلت ظبية إلى قسم الباطنية للمساعدة، فتون اختفت عن الأنظار منذ أن بدأت الأزمة، وأعفيت من هذه المهمة بسبب مرضها، ولا أدري إن كنت سعيدة بابتعادها أو حانقة أحسدها، لكنها لم تختفِ تماماً من دائرة الأضواء فقد كانت تتنمر علينا بين الحين والآخر على مجموعة الواتساب، كان الوضع أشبه بأفلام الخيال العلمي، ونحن نتلقى إشاعات عن سقوط زملائنا في المستشفى ضحايا للعدوى الواحد تلو الآخر، ومجموعة الأطباء الذين قرروا الهجرة مثل د. بيتر ود. رضوان، بالإضافة إلى قلقي من وضع إحدى الزميلات التي أصيبت بالعدوى، لكنها كانت تساعد في إدخال البيانات للمرضى المصابين عن بعد.

كان د. خالد زميلي في هذه المناوبة، حيث تم تقسيمنا إلى مجموعتين لمنع الازدحام في مقر العمل، ورفض الجميع اختيار الفترة المسائية، حتى قبلنا أنا ود. خالد القيام بهذه المهمة. لم أنزعج كثيراً من بقائي في المستشفى

لساعات متأخرة، حيث كانت تلك فرصة مناسبة لأقوم فيها بتحضير بحث الماجستير، وتحضير واجبات منال وجنى، اللاتي نقلتهما للبقاء في بيت والدتي، في حال استدعت الحاجة نقلي إلى المستشفى الميداني، وفي الوقت ذاته كنت ود. خالد نتحاور في مواضيع شتى، من الموسيقى إلى الفن، وكذلك كنا نشترك في هواية متابعة الرسوم اليابانية، وأحياناً كنا نخوض مواضيع تاريخية، أدهشني اتساع ثقافته، كنت سعيدة جداً بهذه الحوارات، لأني غالباً ما كنت أعود لأقرأ عن المواضيع التي تناقشنا بها، كانت هذه الحوارات تثريني فكرياً وثقافياً.

وبينما كنت أحضر أسئلة امتحان الرياضيات لجنى، اتصل بي استشاري الطوارئ، ليخبرني بأن هناك حالة طعن في الوجه تستلزم جراحة التجميل، أسرعت إلى المنطقة الحمراء في قسم الطوارئ، والتي كانت تعج بالمرضى، ورغم أن الحالات المصابة بكورونا تنقل إلى المستشفى الميداني، إلا أن جميع المرضى يجب معاملتهم كمصابي كورونا حتى يثبت عكس ذلك، لذا طلب مني أخذ مسحة الانف لمريضي، وعندما طلبت من الممرضة الملابس الوقائية أخبرتني بأن هناك الكثير من اللوائح التي علي اتباعها وأن علي طلب الملابس الوقائية من المسؤولة، بسبب خطة التقنين عليها، وكعادتي مع القوانين التي أجد صعوبة في الاقتناع بها بدأت أجادل الممرضة، ولكن استشاري الطوارئ قاطع حواري مع الممرضة، ليطلب مني نقل مريضي إلى غرفة العمليات، لم يكن الأمر بالسهولة التي يظنها الاستشاري لكني بدأت فعلاً رحلة الاستجداء والاستعطاف، تحدثت إلى مسؤولة الإدخال، فأخبرتني باستحالة وجود سرير في المستشفى، وأن هناك عشرات المرضى في الحوادث بانتظار الدخول، قسم العمليات يرفض استقبال المريض من قسم الطوارئ بشكل مباشر، رئيس قسم الطوارئ يرفض السماح لي بإجراء عملية خياطة الجرح في قسم الطوارئ.

"اهدئي مرام، رتبي أفكارك.."

بدأت بتدوين أفكاري كما تعلمت من تجاربي السابقة ومن مدربتي:

1. السيطرة على النزيف... "طبيب الطوارئ فعل ذلك بشكل مؤقت" لذا يتوجب علي الإسراع في التفكير..

2. ملابس الوقاية.. عندي كمامات ونظارات وقائية اشتريتها مسبقاً واحتفظت بها في المكتب، تحسباً لأي عراقيل..

3. خياطة الجرح.. "لن تستغرق مني نصف ساعة، فقط لو وجدت مكاناً أجري فيه العملية"

" الضرورات تبيح المحظورات يا مرام." قررت أنني سأكسر بعض القوانين، لأن أولويتي الآن للمريض الذي ينزف، أسرعت إلى مكتبي الذي لا يبعد كثيراً عن قسم الطوارئ، وشرعت في ارتداء ملابس الوقاية الزهرية التي اشتريتها من موقع تسوق إلكتروني، أتذكر أن ظبية سخرت من اختياري وقالت: لماذا الوردي؟ ألم تجدي اللون الأبيض؟

كنت سعيدة أنني لم أفقد حسي بالموضة رغم كل ما يجري، لذا مازحتها:

- من قال إن الحماية لا يمكن أن تجاري الموضة؟

عرض علي د. خالد المساعدة ولكني أخبرته بأني أسيطر على الوضع، ليس من العدل أن أرمي واجباتي على غيري.

كانت الملابس الوقائية تشعرني بالاختناق والحر، وأخبرت ممرضة الطوارئ بأن تحضر لي عدة الخياطة، رغم أنها حاولت أن تعترض:

- لكن الاستشاري قال......

قاطعتها بحزم:

- أعرف تماماً ما قاله الاستشاري، لكنه طلبني والآن هذا المريض مسؤوليتي، أستطيع استغلال الوقت الذي يضيع هدراً على البروتوكولات في خياطة الجرح، ولكم مني وعد بأن أنهي العملية بكفاءة خلال ثلاثين دقيقة، وإذا تأخرت عن ذلك بإمكانه أن يطردني من قسم الطوارئ، ولن أعترض.

بدأت بتخدير الجرح وتنظيفه، كان الجرح ممتداً من منتصف الخد الأيسر حتى عظمة الترقوة، قاطعاً في طريقه بعض الأعصاب والعضلات، ولكن لحسن الحظ لم يصب الشريان السباتي، وعندما تأكدت من خلو الجرح من أي شظايا بدأت أولاً بخياطة العضلات، تعلمت خياطة الجروح على يد ممرض الطوارئ عندما عملت هنا قبل التحاقي بقسم جراحة التجميل، وهناك علمتني ظبية أن أخيط الجروح بسرعة، وسط إعجاب البعض وتحفظ البعض الآخر، تعلمت من د.بيتر أن السرعة لا يجب أن تنقص من كفاءة وحرفية الغرز، وأن الجراح الممتاز يجب أن يتقن خياطة أي جرح بسرعة وكفاءة مثل فنان يرسم لوحة، ولأني بحاجة لما يقلل التوتر فقد شغلت تطبيق الموسيقى قبل أن أرتدي ملابس الوقاية، ومع الألحان اللطيفة بدأ التوتر بالانحسار:

قل بسم الله على قلبك فيصير النبض صلاة
ويصير بيتك مسجد.. وتصير يداك زكاة..
قل بسم السلام على صدرك..
فيطير غراب القلق ويحط سرب الحمام..
هبة حمادة

كانت أصابعي تعمل بسرعة، دون أن أفقد الإيقاع في أخذ غرز ثابتة ومتقنة، وبذلك أقلل النزيف مع كل غرزة، عندما استوقفني صوت استشاري الطوارئ معاتباً.

- لقد تجاهلتني وقررت إجراء العملية هنا في النهاية؟

أجبته دون أن تتوقف أصابعي عن الحركة، وعيني متسمرة على خطوط الجرح، أحاول التركيز وتجاهل الضباب الذي يغشى النظارات الوقائية:

- أعتذر لم أقصد تجاهلك.. ولكن كان علي اتخاذ القرار بسرعة، وبيروقراطية البروتوكولات تسرق من وقت المريض.. أعدك بأني لن أحتاج أكثر من عشر دقائق بعد.. لقد أنهيت خياطة العضلات، والطبقة الأولى من الجلد..

- تدركين بأني ما كنت لأمانع لولا ازدحام المكان، وأخشى أني قد أضطر لأخذ المكان لو حضر مريض آخر..

- كما قلت سابقاً، عشر دقائق هي كل ما أحتاجه، بإمكانك ضبط المنبه لي لأتوقف..

ضحك وقال قبل أن يتركني:

- أنت عنيدة.. ولكن لن أشغلك أكثر.. سأعود بعد عشر دقائق لأحكم..

شكرته دون أن أتوقف لحظة عما كنت أعمل، ورغم صعوبة العمل تحت وطأة الملابس الوقائية الخانقة إلا أنني وفيت بوعدي، وعندما عاد الاستشاري ربت على كتفي وقال:

- أحسنت صنعاً، لن أنسى هذا الموقف أبداً.. طبيب جراحة يلتزم بالوقت.. غالباً ما تظهر لهم المضاعفات.. والساعة تتحول إلى ساعات..

لا أدرى إن رأى ابتسامتي من خلف طبقات الملابس الوقائية، ولكني حمدت الله لأني لم أصادف أي مضاعفات تعرقل سرعتي، أو مفاجأة في الجرح، وبدأت ترنيمة شكر لكل من علمني فن خياطة الجروح، ثم أجريت فحصاً سريعاً للمريض لأتأكد من أن أعصاب الوجه لم تتأثر بشكل كبير بالجرح، عندما انتهيت من كتابة تقريري وتغيير ملابسي، كانت الساعة قد تجاوزت التاسعة مساءً، كان المكتب خالياً عندما عدت، لقد بدأ حظر التجول فعلاً..

توجهت للمنزل لأستحم وأبدل ملابس العمل بسرعة قبل أن أتوجه إلى منزل والدتي، كان هيثم يجلس وحيداً في الصالة، وما أن رآني حتى نهض لعناقي، أشرت إلى ملابسي المتسخة، فتذمر قائلاً:

- كم أشتاق إليك..

- سينتهي كل هذا.. ونعود كما كنا يا حبيبي..

- البيت مظلم بدون وجودك.. والبنتين!

إنه يعلم مدى حاجتي للشعور بأمان أحضانه، يعلم بحاجتي لثباته حتى لا أنهار تحت ضغط التوتر، والقلق الذي زاد عشر سنوات على عمري، أشغلت نفسي ببقعة لم تكن موجودة في يدي، أنا بانتظار كلمة منه لأتجرد من كل حذري وأرتمي في أحضانه، أطلق تنهيدة طويلة:

- ألا زلت تفضلين الاستحمام بماء ساخن؟

ابتسمت له، كعادته يهتم زوجي بكل التفاصيل:

- لم يتغير شيء.. لقد غبت عنك شهراً يا سخيف..

- غبت عني دهراً حبيبتي. هل يقضي الماء الساخن على الفيروس حقا؟

- احذر.. مثل هذه النظريات الغريبة ووصفات المعقمات المنزلية زادت عدد حالات الإصابة بالحروق..

- هل سأراك أكثر لو أصبت بحروق...؟

- هيثم.. ماذا جرى لك؟

- تعبت من البقاء وحدي في المنزل..

هناك حد لقدرتي على تحمل الصعاب، وأن أرى هيثم بهذا الانكسار ليس من ضمن طاقتي، جثوت على ركبتي، وارتديت قفازاتي وبحثت أمام دهشة هيثم في حقيبتي، وأخيراً أظهرت كيسين لملابس وقائية ذات الاستخدام الواحد، ووضعتها على الطاولة أمامه..

- ارتدِ هذا ريثما أعود.

لقد وعدنا البعض بأن الفيروس سيختفي في الصيف بسبب الحرارة، وخالفه رئيس منظمة الصحة العالمية الرأي، وها نحن نتخبط بين قرار وآخر، بينما أعداد المصابين في تزايد، أعادتني حرارة الماء إلى الواقع:

"تباً.. الماء يغلي دون الحاجة إلى السخان"

قاومت الإسراع في الاستحمام وحرصت على الاغتسال وكأني أتحضر لعملية جراحية، ثم رششت المعقم الكحولي بوفرة على يدي، ارتديت ملابسي النظيفة ووضعت ملابس العمل في كيس خاص لتغسله مدبرة المنزل في الغسالة المنفصلة التي اضطررت لشرائها، حتى لا أنقل العدوى لهيثم أو الفتيات، ليس ذنبهم أنني لست في خط الدفاع، ولكن لا يزال عليّ معاينة المرضى المصابين بالحروق وكورونا، وتساءلت من تراه يقرر ما إذا كنا في خط الدفاع الأول أو الثاني؟ أتراهم موظفو إدارة المستشفى الذين يتمتعون برفاهية العمل عن بعد منذ بدء الأزمة؟ المرفهون خلف شاشات هواتفهم الجوالة؟ بينما نرزح نحن تحت وطأة الخوف والذعر كل يوم ونحن نرى جحافل الإسعاف تنقل مرضى كورونا من وإلى مركزنا لإجراء الفحوصات، ثم ماذا تعني كل هذه الشعارات الفارغة عندما يصاب أحدنا بالعدوى؟ زملاؤنا في المستشفى يتساقطون الواحد تلو الآخر ضحايا الإصابة بهذا الفيروس

الخبيث، ماذا لو.. ماذا لو...؟ انحدرت دمعة ساخنة على خدي. عندما تذكرت زميلنا الذي خسر معركته مع الفيروس، وانتقل إلى الرفيق الأعلى، تاركاً وراءه خمسة أيتام، من يملك الحق بالقول إنه لم يكن في خط الدفاع الأول فقط لأنه موظف تسجيل؟

لا يجب أن أضعف الآن.. يا رب ألهمني الصبر والقوة..

استجمعت قوتي وخرجت، لأجد هيثم وقد جلس بصمت ينظر إلى كومة الملابس الوقائية.. سألته وأنا أشير إليها:

- لماذا لم تلبسها...؟

- ليس من المنصف أن أكون أنا وكل شيء ضدك.. أنت تقومين بمجهود جبار في الميدان، بينما أجلس هنا بعيداً عن الخطر، وبدل أن أدعمك، ها أنا أتذمر مثل طفل..

- اغرورقت عيناي بالدموع ثانية، ما كنت لأقاوم لو أنه أبدى ضعفاً، لطالما كان هيثم حبل النجاة الذي يبقي عقلي سليماً في أي وضع جنوني، غدت ساقاي رخوة، هاجمني الإرهاق فجأة، ضممت ركبتي إلى صدري، دفع إليّ بصحن ورقي به بيض مخفوق وجبنة "زوجي يعد لي العشاء" وقبل أن تجرفني موجة جديدة من شعوري بالعار، قال بهدوء:

- سأكتفي باحتضانك بدعائي أن يحفظك الله يا غاليتي إلى أن تنجلي هذه الأزمة..

اكتفينا بحديث صامت بالعيون، لم أظن يوماً أن أبسط علامات التواصل الإنساني قد تصبح محرمة وممنوعة، ولم أظن أن الحب يمكن أن يخلق في محيط الزواج، كل ما سمعته من تجارب صديقاتي ومريضاتي كان سلبياً، حتى لو بدأ الزواج بقصص حب، ولم تكن الصورة التي تنقلها الدراما مختلفة جداً، لكن هيثم حقيقة، وحبي له حقيقة غلبت هواجسي ومخاوفي، وحدها يده التي يمكن أن تنتشلني من براثن الرهاب، هيثم هو النور الذي ينتشلني من كل مغارات الخوف التي تحبسني، لوح لي:

- توقفي عن التحديق بي هكذا..

- لم أعرف أبداً أنك رومانسي لهذه الدرجة يا روميو..

راقبت احمرار أذنيه وهو يجيب بخجل:

- لم تسنح لي فرصة لأظهر حبي.. كما أنني لست جيداً جداً في التعبير..

- عشر سنوات لم تكن كافية لك...

- لن تكفيني مئة عام معك..

غضضت وجعي، وهمست بخجل: هل أخبرتك كم أحبك؟

- وأنا أعشقك أيتها المرأة الخارقة..

نظرت إلى الساعة التي أنذرتني بضرورة الخروج.

- عذراً يا أميري العاشق.. حان وقت رحيل سندريلا..

حملت حقيبة ملابس صغيرة ملأتها ببعض ألعاب جنى ومنال، ورافقني هيثم إلى الباب وقال موصياً:

- قودي بحذر، واتصلي بي عندما تصلين.. أرسلي قبلاتي لجنى ومنال..

رغبت كثيراً بعناقه، كانت هذه هي المرة الأولى التي يوصيني فيها هيثم أن أقود بحذر، وأن أتصل به عندما أصل، لم يكن بيننا مثل هذه التوصيات سابقاً، علاقتنا لم تطوقها الأطر الروتينية، ولهذا كان حبنا مختلفاً.

استمر الوضع هكذا عدة أشهر، وعندما هل علينا رمضان كان مختلفاً جداً، لا خيم إفطار، ولا زيارات عائلية، لا تراويح في المسجد، وكغيرنا من العائلات اجتمعنا خلف أبي نصلي متباعدين، وبرغم التباعد الاجتماعي إلا أن الاتصالات اشتعلت بالحنين والشوق، تعاقبت الأيام وأعداد المصابين تتأرجح بين ارتفاع وانخفاض، انتشرت التوصيات وأعلن حظر التجول التام في بعض المناطق، وانقطعت أختي عن زيارتنا بسبب الحظر وبعد أن هدأت الأوضاع تقرر موعد عملية أمي الجراحية، وتناوبنا أنا وشقيقاتي على زيارتها، حيث لم يسمح لنا بالتجمع عندها، بسبب الإجراءات الوقائية..

* * *

ذات جمعة بينما كنت أستعد لتلاوة القرآن، بعد أن عدت أنا وبناتي للمنزل، اتصلت بي د. مروة وكان صوتها مستنفراً، ورغم كل محاولاتي لم أتمكن من تجاهل شعوري بالتشاؤم:

- مرام هناك كارثة في المستشفى، يجب على جميع الأطباء الحضور فوراً، ستكونين في الفريق الأصفر، توجهي حالاً إلى قسم الطوارئ حيث سيخبرك قائد الفريق بمهمتك، سأتصل بباقي الفريق الآن..

بدأت يدي ترتجف، وشعرت بالخوف يذيب ركبتيّ، لقد قالت كارثة، ولكنها لم توضح ما هي الكارثة، اتصلت بظبية وأخبرتني أنها في الطريق وأنها أيضاً لا تعرف ما هي الكارثة التي تنتظرنا، بصعوبة رفعت كوب الماء إلى شفتي بعد أن انسكب نصفه على الطاولة، هل ما قالته فتون عن احتمالية وقوع حرب وأن كورونا ليس إلا ورشة تدريب صحيح؟ أم أن ما قاله أحد الباعة لظبية عن نقص المواد الغذائية؟ أم أن حادثة شغب كبيرة حدثت في أحد المجمعات؟ مئات الشائعات التي سمعتها على مدى الأشهر القليلة الماضية وجدت طريقها إلى تفكيري في تلك اللحظة، لكن صوت ظبية أعادني إلى الواقع:

- لا تسرحي الآن يا مرام.. تحركي.. اتركي السرحان والقلق لما بعد الكارثة.. سألاقيك في مكتبنا.. ارتدي لباس الوقاية الوردي لأتمكن من التعرف عليك بين الجموع..

صحيح.. لا وقت لأضيعه في الشرود.. لا يمكنني أخذ دوائي الآن، وإلا صرت بلا فائدة، لذا بدأت ترنيمة نصحتني بها معالجتي النفسية كلما شعرت بالتوتر..

أنتِ قوية يا مرام.. وستجدين طريقك.. تذكري فقط أن تتنفسي.. واحد.. اثنان.. ثلاثة.. أنتِ ثابتة.. أربعة.. خمسة.. ستة.. كل شيء سيكون على ما يرام.. سبعة.. ثمانية.. تسعة.. ستمر العاصفة بسلام، وستكونين بعدها أقوى.. عند العشرة كان الذعر قد تسلل خارجاً.

بدلت ملابسي، وأخبرت هيثم بما حدث:

- هل ستكونين بخير؟

- نعم حبيبي.. لا أعرف ما هي الكارثة، ولكن علي الذهاب بسرعة.. خذ البنتين إلى منزل أمي واطلب من المربية أخذ حقيبة الملابس، لا أدري كم سأغيب عنكم، سأحاول أن أبقى على تواصل معك.. لا تنسني من الدعاء..

- حفظك الله وثبتك يا حبيبتي.. أستودع الله قلبك وروحك..

ألقيت نظرة خاطفة على جنى ومنال وهما تلعبان بالدمى، هل أكون أنانية لو قلت إني أرغب في الاختباء تحت أغطيتهم الوردية ومشاركتهن اللعب بالدمى؟ ولكني لم أرد أن أفزعهما، لذا تسللت خارجة دون أن تنتبها لي، تمتمت دعائي وأنا خارجة:

"أستودعكم عين الله يا أحبائي"

أصبحت علاقتي بمنال أكثر قوة وصلابة، طورت عادة تغيير كلمات أي أغنية تسمعها لتضيف ماما فيها، بعد أن فعلت هذا باسمها عدة مرات، كنت أخبرها في كل لحظة بأني أحبها وجنى وأن قلبي يتسع لثلاثة مقاعد "لها ولجنى وبابا"، وكم حسّن هذا مزاجها ونفسيتها! وبالتالي قلّت صداماتنا كثيراً واختفت هواجسي المتعلقة بها.

تساءلت وأنا أقود سيارتي إلى المستشفى، إن كنا سنمر بما شهدنا في الأخبار مما حدث في مختلف مناطق العالم، من فوضى أو مجاعة، هل سنضطر إلى

اختيار من أكثر أحقية بجهاز التنفس من غيره؟ ألا يملك كل البشر الحق في الحياة؟ تذكرت مقطع الفيديو للمرأة العجوز التي تبكي وتستنجد، ليسمحوا لزوجها أن ينال فرصة ليدخل قسم العناية المشددة، أتمنى ألا أضطر لرؤية مثل هذا المشهد في الواقع..

كان هناك موكب لسيارات الإسعاف والشرطة عند مدخل الطوارئ، أضواؤهم ذكرتني بكرنفالات البرازيل، لكن بدل الملابس البراقة والريش، كانت الملابس البيضاء تسرع في نقل أسرة تغطيها خيم بذات اللون الأبيض، تدخل الأسرّة إلى بطن المستشفى وتعود بسرعة بعربات فارغة تحملها في السيارات التي تنطلق بسرعة ممزقة هدوء الجمعة بصافراتها..

"اهدئي مرام.. اهدئي"

نزلت بسرعة وتوجهت أولا إلى مكتبي، لعلي أجد بعض الإرشادات، كانت ظبية ومروة ود. خالد في المكتب:

- هيا سينباي.. لا تكوني كمن قابل شبحاً للتو؟ أليس هذا ما أقسمنا عليه وقت التخرج؟ حان وقت العرض.. لا تخافي سيكون كل شيء على ما يرام...

ضحكت رغم خوفي، لقد بدت لي مشيته مثل أبطال الأفلام، أظنه يستمتع بدفعة الأدرينالين التي تصاحب الاستنفار، لقد عمل خالد لسنوات عدة في قسم الطوارئ، شعرت بأننا فريق من الأبطال الخارقين، ثم انتشلتني مروة من مشهد أفلام هوليوود الذي يدور في خيالي، لتوافينا بتقرير مبسط عن الكارثة المتوقعة، وتوزع علينا المهام:

- هناك عطل فني في أحد مستشفيات العزل، وسيتم توزيع مرضى كورونا على المستشفيات المجاورة، لست أدرى بالضبط العدد الذي سينقل إلى هنا، سنتوزع نحن الأربعة في قسم الطوارئ، مرام وطبيبة في المنطقة الصفراء، أنا ود. خالد سنكون في المنطقة الحمراء، مرام أنت لم تقومي بإجراء قياس كمامة لذا ابدئي بالمقاس الأصغر.. ضعوا هذي الشارات الملونة حسب الفريق بعد ارتداء ملابس الوقاية، سأسبقكم إلى الطوارئ..

ثم أضافت قبل أن تغادر..

- وفقكم الله وحفظكم من كل سوء..

في تلك اللحظة ظهرت لي أمومة مروة، شعرت وقتها أن كل الخلافات التي كانت بيننا قد ذابت وتحللت وكأنها لم تكن موجودة أصلاً، ابتسمت لها وقلت:

- سيكون كل شيء على ما يرام..

ارتدينا ملابسنا بسرعة وتوجهنا إلى قسم الطوارئ نمشي مثل رواد الفضاء على القمر، التنفس صعب جداً تحت أطنان ملابس الوقاية التي نرتديها، وبدا كما لو أن أجهزة التكييف في المستشفى تعطلت، كانت د. علياء من الطوارئ قائدة الفريق الأصفر، وقد أخبرتنا بأن عدد الأطباء في المنطقة الصفراء مكتمل، لذا علينا التوجه إلى المنطقة الخضراء حيث سنقوم بمساعدة أطباء هناك في متابعة حالات الطوارئ الأخرى، من حسن الحظ أن فريقنا كان يضم أطباء أعرفهم، لذا كان من السهل إجراء بعض الأحاديث وكان الجميع يحاول تخفيف وطأة التوتر إما بالمزاح أو الأغاني، كان من ضمن الفريق أحد أطباء

الجراحة، الذي بدأ بترنيم موال لناظم الغزالي، تذكرت هذا الموال حيث كانت أمي تتغنى به في صغري، بدأت أدندن معه لتتسلل عناكب الخوف هاربة مني، لم يكن هناك وقت للتردد والخوف، أنا لست وحدي.. أنا لست وحدي، كل فرد من هؤلاء الأطباء والممرضين ترك مخاوفه في خزانة تبديل الملابس، لكل منهم ظروفٌ لا أعرفها وقصص لم أقرأها، ولكنهم هنا يتجردون منها، وكأنهم ينتقلون من حالة إلى أخرى ما أن يفتح الباب ويدخل المريض، تتوقف الأغنية وتبدأ أسئلة التاريخ المرضي، تليها سلسلة من التحاليل اللازمة للتشخيص والإرشادات..

مضت عدة ساعات لم أحسبها، كنت ممتنة لانشغالنا في حركة دائمة بين أسرة قسم الطوارئ، تذكرت عندها أني لم أصلِّ العصر وموعد أذان المغرب قد اقترب، اختفت ظبية بين الجموع، أخبرت قائد فريقي عندما خف ازدحام المرضى بأني سأتوجه للصلاة وأعود، وقبل أن يجيبني رن جهاز الاتصال الذي يحمله، كان الصوت مشوشاً ولكن وصلتنا إرشادات عبر الأثير بأننا تجاوزنا مرحلة الخطر، بقي عدد بسيط من المرضى ويمكن السيطرة عليه، سيتم إعلان انتهاء الكارثة..

- شكراً لك دكتورة مرام.. سيتم الآن إعلان انتهاء الكارثة.. بعض الفرق سيتوجب بقاؤها.. لكن بإمكان فريقنا الانصراف..

عندما أزلت ملابس الوقاية، وجدت آثار كدمات على وجهي من ضغط الكمامة، شعري وملابسي مبللة بالعرق، عادت الرجفة إلى يدي ولم أدرِ وقتها إن كان بسبب الإرهاق أم التوتر، عندما نظرت إلى نفسي في المرآة، تذكرت كم كنت أهتم لتفاصيل لم تعد مهمة الآن، الخوف الذي اعتراني قبل الوصول إلى هنا، والتردد الذي كبل خطواتي، لست فخورة جداً بذلك ولكن على الأقل تمكنت من هزيمة مخاوفي ولو لساعات قليلة، وفكرت وأنا أسمح للماء الساخن أن يذيب

طبقات الشك المتراكم على جلدي، فكرت بظبية ود. مروة ود. خالد، وبقية أفراد الفريق، سأتصل بهم لاحقاً، كانت الأسئلة تنخر في رأسي: هل شعروا بالخوف والتردد مثلي؟ أم أنني كنت العاجزة الوحيدة في الفريق؟ ماذا عن باقي أفراد الفريق الذين اختفوا منذ بدء الأزمة؟ لكل ظروفه بلا شك.. ولكن هل أصبحت أخيراً في خط الدفاع الأول في أعين المشككين وأولهم عيني؟

ظبية

حاولوا دفننا

أمضيت الليلة وأنا أدرس للامتحان الذي أجبرني على تقديمه مدير العيادة التي انضممت إليها مؤخراً للعمل بدوام جزئي، كنت أراجع في الوقت ذاته مشروع البحث للماجستير الذي أصرت مرام على أن ندرسه بعد أن فقدنا الأمل في التخصص، بدأت أرى النجوم تومض في عيني، لذا قررت أن آخذ استراحة لأصلي الفجر، بعد أن أرسلت البحث لمرام حتى لا أنسى أين قمت بتخزينه، لابد أنها ستسألني عنه في الصباح، نظرت إلى جوالي وأدركت أن اليوم الثلاثاء "الله يستر"، يبدو أنني أصبت بعدوى التشاؤم من مرام، قررت أن أصلي ركعتين

إضافيتين، لعل اليوم يمر بسلام..

بالأمس تلقيت رسالة من أحد زملائي والذي عاد من كندا مؤخراً يحمل شهادة تخوله ليكون استشارياً قد الدنيا، ومباشرة استلم رئاسة قسمه، كانت الرسالة صورة لأشعة مريض، سألني الزميل عن التشخيص والعلاج.

من المضحك المبكي أن تتم الاستعانة بخبرتي للعلاج، بينما تسقط أحقيتي بالترقية ولا قيمة تذكر لهذه الخبرة.. لم أستطع إخفاء مرارتي وأنا أطبع ردي:

- أليس من الغريب أن تسألني، وأنت الاستشاري؟

- أنا أختبر معلوماتك.. ليس إلا؟

لماذا يختبر معلوماتي؟ من المؤكد أنه يجهل التشخيص ويخجل من سؤال زملائه في التخصص:

- تخصصك يختلف عن تخصصي.. ما من داعٍ لاختباري..

- ظبية.. لم تكوني هكذا عندما كنا نعمل في قسم الطوارئ معاً، أنتِ مختلفة جداً..

لا بد أن ردي أزعجه، هل كان يتوقع أن يجدني كما كنت قبل سنوات، وقتها كنا بنفس المستوى ونفس التقدير، والآن أصبحنا نعيش في عالمين مختلفين بامتيازات مختلفة، أطرقت برأسي، غير قادرة على الاعتراف بمدى إحساسي بالمرارة والغيرة..

- لنقل إنني تلقيت ما يكفي من الندبات خلال السنوات الماضية..

- صحيح سمعت أن الحياة لم تكن منصفة معك..

- ليست الحياة.. بل الرفاق.. والنظام.. والمادة. على كلٍ.. اعذرني فأنا مشغولة بالدراسة للامتحان..

- امتحان الجامعة...؟

- لا.. امتحان في برنامج الزمالة لطب التجميل

- أيتها الماكرة! كم برنامجاً تدرسين؟ ألا تتعبين أبداً؟

الوغد.. لم يتمنَّ لي التوفيق حتى، يالها من دنيا غريبة!! هل يستكثر الاستشاري عليّ الدراسة؟ لماذا يحسدون الفقير على ميتة الجمعة؟ ليست لديه أدنى فكرة عن مدى تعبي، ولكني لا أملك رفاهية التوقف، تذكرت كيف تم تقيدي في هذا الامتحان، عندما اضطررت إلى سحب سبعين ألفٍ من المبلغ الذي خصصته لدفعة المنزل، لأن مدير العيادة التي أعمل فيها بدوام جزئي أقنعني بضرورة إجراء هذا الامتحان، وأن أحد الموردين سيتكفل برسوم الدراسة، ثم فوجئت بمسؤول البرنامج يستدعيني ويخبرني بالمبلغ الذي يتوجب عليّ دفعه، وقد تعمد أن يؤجل إخباري ليضمن حضوري، وبذلك لن يكون لي حجة لأرفض التسجيل، رغم أنني لم أتلقَّ أتعابي من العيادة وذلك بحجة قلة المرضى بسبب كورونا، وعندما أخبرت مسؤول التسجيل في البرنامج بأن إحدى شركات التجميل ستتكفل بدفع مصاريف الدراسة، ضحك وقال:

- يا دكتورة أنا أعمل هنا منذ بداية هذا البرنامج.. لم يسبق أن سمعت بشركة تتكفل بدفع تكاليف الدراسة لبرنامج في طب التجميل...

- دفعت التكاليف على مضض، ولكن مرام شجعتني لأستمر، كنا نتواصل معهم منذ ثلاث سنوات وفي كل مرة نتراجع بسبب غلاء الرسوم، واليوم يسخر مني هذا الزميل الاستشاري، لذا لم أجد سبباً لأخجل من الرد عليه بجرأة لأسكته:

- أنا أبحث عن فرصة لأحسن فيها وضعي.. فكما تعلم لا يملك الجميع امتيازات الاستشاري..

في كل مرة أجرب حظي في عمل ما، أجد الحظ يعاكسني، تظهر قوانين جديدة، طلبات ترخيص جديدة، في كل مرة أقف فيها في الدور وألتزم فيها بالقوانين، أنتظر بصبر دوري دون أن أتذمر بل أشغل نفسي بأي شيء، قلما أجد وقت فراغ لنفسي، وعندما يأتي دوري أخيراً ينتهي دوام الموظف أو يُطلب لاجتماع طارئ، أو يتعطل السيستم، يعتذر، فأبتسم بتسليم، أطمئنه ولسان حالي يقول "ليس خطأك بل هو حظي" ألتزم بالقوانين وأجد من يتلاعب ويغش ليصل إلى مبتغاه، وأنا جالسة مكاني أحرس مبادئي، أنتظر أن يأتي يوم يبتسم فيه الحظ لي.

أصبح ليلي متصلاً بنهاري، أجري في كل اتجاه ولا أصل إلى أية وجهة، نقلت سعود من مدرسته على مضض، أعلم أنه مجتهد في الدراسة مثلي، ولكن متطلبات مدرسته السابقة كانت فوق طاقته، ولم يبق له سوى سنة للتخرج من الثانوية، ولا أريد أن تنخفض نسبة التخرج، لم يسبب لي أي مشكلة في دراسته، فهو مستقل ويحمل حساً كبيراً بالمسؤولية، حتى أنه يساعدني في الإشراف على دراسة فارس.

بعد يوم طويل في المستشفى والعيادة، عدت بتثاقل إلى الملحق الذي عزلتني فيه والدتي بعد التحاقي بقسم الباطنية خلال أزمة كورونا، كنت أمنّي النفس بحمام طويل يعيد إلي الحيوية، لكن أمي كانت تنتظرني بسيل من الشكاوى على فارس، الذي لا يسمع الكلام، ولا يدرس، ويلهي نفسه والآخرين عن الدراسة.

مع كل شكوى كنت أشعر بثقل آخر يرمى على كتفي، لقد رفضت أمي أن أختار له التعليم الهجين، حتى لا ينقل العدوى للمنزل، وفي الوقت ذاته لا تستطيع وحدها السيطرة عليه، هي لم تعد في سن يساعدها كثيراً على فهم التعليم الإلكتروني، أعترف أن ابني كثير الحركة، ولكن أحداً لم يفكر للحظة بما يمر به هذا اليتيم، كان صغيراً عندما توفي أبوه، ولكنه لم يكن صغيراً جداً لينساه أيضاً، كانت آخر أيام حميد صعبة جداً مع المرض، وقد عاش سعود وفارس معي تلك الأيام الصعبة، الموت سرق منا الكثير، والآن طاقتي مستنزفة ولا أستطيع أن أطيل الجدال مع أمي، لذا قلت بما بقي من طاقتي:

- أمي، أعرف أن الأمر صعب عليك، لذا قررت أن أرسله للمدرسة، سأقوم بالإجراءات اللازمة.

لم ترد علي أمي بكلمة، بل دخلت إلى المطبخ، ولا أدري إن كانت راضية بقراري أم لا، لكنها وشقيقتي لم تناقشا الأمر ثانية معي، حتى وصلتني رسالة تهديد من أخي الذي يعمل في الخارج، حملت كلماته غضبه، ولا أدري كيف فعل هذا ولكن الحروف كانت مشددة بالبنط العريض، هددني بأحرف سوداء ثخينة أنه سيأخذ أمي والجميع للسكن معه ما لم أعدل عن قراري بإرسال فارس إلى المدرسة، ولن يسامحني أبداً لو أصيبت أمي بالعدوى، اتصلت به ولم أستطع كبح مشاعري التي انطلقت دفعة واحدة:

- أخبرني يا أخي ماذا علي أن أفعل؟ لا يسمح لي بأخذ إجازة، ولا يمكنني طلب العمل عن بعد، نهاري عمل وليلي دراسة مع فارس حتى ينام، ثم أبدأ دراستي بعد منتصف الليل حتى الفجر، ثم يباغتني الصبح فأذهب للعمل، أقوم بما أقدر عليه، نعم، ولدي مشاغب.. ولا يسمع الكلام.. ولا يدرس.. آمنت بالله.. ولكن ماذا أستطيع أن أفعل؟ أعلم أن الأمر صعب على أمي، ولكني لا أستطيع أخذه إلى المستشفى، ولا أستطيع أيضاً ترك العمل لمراقبته، أعطني حلاً يرضيك ويرضي الوالدة، وسأفعله..

لم يقل شيئاً لكنه وعدني بالتحدث إلى أمي، غير أنها عاقبتني بالصمت لعدة أيام، آلمني ذلك ولكنني اعتدت على نوبات غضبها، لابد لي من أن أطيّب خاطرها بشيء، لربما جلسة تدليك وعناية بالبشرة، هي تحب أن تجتمع كل فتيات العائلة في جلسة استرخاء وعناية بالبشرة، عندما أدللها وأختي وابنتها بالمنتجات التي تصلني من الشركات، وكنت أسعد بذلك لكنني الآن لم أعد أشعر بهذا الحماس، لم يعد هناك ما يثير اهتمامي كثيراً، لم أعد ألتقي مرام كثيراً، جداولنا مختلفة جداً، وبعد أن عدت إلى قسم الجراحة التجميلية طلبت من فتون أن تسمح لي بالدوام في الفترة المسائية، ولكنها كالعادة تحججت بالنقص، وأن العيادة الصباحية أكثر ازدحاماً، لجأت إلى رئيسي د. عادل ولكنه أعادني إلى فتون، ولأنني لم أعد أحب لعبة "اسألي أباك.. واسألي أمك" توجهت مباشرة إلى مدير المستشفى، وطلبت منه قراراً يسمح لي بالعمل في المساء، حتى أتمكن من الإشراف على دراسة فارس في الصباح، أدرك أنني تجاوزت رئيسي المباشر، ولكن علاقتي به أصبحت شائكة منذ معضلة التحقيق، أنا لا أنكر طيبته، ولكنه أيضاً يحب أن يتخذ موقفاً سلبياً حتى يتجنب المشاحنات، كلمة فتون أصبحت هي الأساس، لذا في بعض الأحيان أشعر أنها أصبحت رئيسة القسم، وبما أنني لا أستطيع تقبل ذلك، لأني لو تقبلت هذا لتقبلت أيضاً نظام الكيل بمكيالين، ولكنها تمسك بزمام الأمور في القسم، وهي في

راحة منزلها تحظى برفاهية استثنائية للعمل عن بعد لأسباب أجهلها، قراراتها سارية على الاستشاري والأخصائي والممارس العام، وحتى على رئيس القسم على حدٍ سواء، أنا لا أكرهها شخصياً ولكني أكره تصرفاتها معي، كما أنني حقاً فقدت اهتمامي بالعمليات لكثرة انتقادها لي، وبصراحة أصبح الوقوف لثلاث ساعات متواصلة لإجراء عملية تحتسب لغيري أمراً غير مجدٍ لي بتاتاً، في الخفاء أقوم بكل المهام ثم أتلقى اللوم على الأخطاء، لم يعد الأمر مثيراً ولا ممتعاً، ولا يشعرني بأي نوع من الرضى عن النفس حتى، فمهما حاولت لن أحصل أبداً على شرف لقب استشاري ولا حتى أخصائي، ولذلك لا يحق لي أبداً إجراء هذه العمليات، مهما كانت خبرتي العملية أفضل من كثير من الاستشاريين، بشهادة رئيس القسم والاستشاريين الذين عملت معهم من مختلف التخصصات، لكن تبقى قصاصة الورق المدموغة عائقاً من الخرسانة المسلحة في وجه طموحي، الذي بدأ يتآكل مثل ملزمات الدراسة التي أحتفظ بها تحت سريري لأراجعها بين الحين والآخر، فقد قسمنا أكثر من نصف الأطباء، رغم منع الإجازات والأذونات، د.بيتر عاد إلى أوروبا، د. مروة قررت التقاعد، د. رضوان يبحث عن فرصة عمل أفضل، وسبقهم جميعاً د. جسار الذي تركنا ليجد فرصة أفضل في مستشفى آخر، واليوم نتلقى صدمة خبر استقالة الاستشاري، الذي اختفى فجأة ثم تواصل معنا من الخارج، وأخبرنا بقرار رحيله المفاجئ إلى وطنه، وأنه لن يستطيع العودة مجدداً، انتشرت بعض الشائعات حول مصداقية شهاداته، لم يكن مستحيلاً معرفة أن فتون كانت مصدر هذه الشائعات، رغم أنه عمل في المجال لأكثر من عشرين سنة، وعندما سألته عن السبب الرئيسي، انهالت علي رسائله الصوتية بمئات المبررات، أخبرني بأنه لم يعد في عمر يسمح له بتقبل المنافسة الشرسة من الأطباء الجدد، عرفت مباشرة بأنه يقصد فتون، كما أنه تعب من المناوبات، وأنه وجد فرصاً أفضل للعمل في وطنه الأم، اتصلت بي مرام وكانت تشعر مثلي بالكثير من الحزن بسبب الخبر:

- لم يبق في القسم سوانا يا ظبية.. هل تذكرين عندما كنا نقول بأننا باقون مثل الأهرامات؟ غادر الجميع المركب، ولم يبق لمروة سوى عدة أيام؟ أعلم أننا كنا دوما على خلاف معهم ولكن...

تنهدت باستسلام:

- الأمعاء في البطن تتلاطم يا مرام.. كلٌ يحمل هموماً لا يعلمها إلا الله.. لربما رحيلهم خيرة لهم.. لعل الأوضاع تتحسن..

- ...... ربما

لم أقتنع كثيراً بكلامي، وكان واضحاً من صوت مرام أنها لم تقتنع أيضاً بالفكرة، ولكنها متعبة جداً حتى تناقشني أوتحاورني، وتساءلت إن كنا سنصل يوماً لتحقيق حلمنا بالنجاح، لم أعد أتذكر ما كان حلمي، لابد أنها تفكر بالاستقالة من جديد، كل ما يردعها ويردعني الآن هو حاجتنا للراتب لسداد أقساط البنك، لربما أشعر بالوهن بسبب وضع العالم وخوفي من المستقبل، ولكن علينا أن نستمر، فقد علمني د. جسار أن لا أتوقف أبداً، ليس لأجلي بل لأجل الأجيال القادمة، لربما تمكنت من تغيير المستقبل للأطباء الجدد، فحتى "لو حاولوا دفننا، تبقى حقيقة أننا بذور.. لابد أن يأتي يوم تزهر فيه أحلامنا".

مـــرام

محنة ومنحة

وصلني اتصال من إدارة المستشفى، ولكني امتنعت عن الرد على أي اتصال منهم خارج ساعات العمل ما لم أكن مناوبة، لقد أنهيت ساعات عملي، وعلى عكس دقائق الغياب فأنا لا أحاسب على ساعات العمل الإضافي، كان المتصل شديد الإلحاح وعاود الاتصال مرة ثانية وثالثة، ولكني كنت أكثر عناداً في التجاهل في محاولة للمحافظة على سلامتي النفسية، وضعت الجوال على الوضع الصامت، ثم تمتمت غاضبة لماذا لا يستعينون بالإداريين، الذين يذكروننا عند المصائب، ويكيلون لنا الشعارات والكلام المنمق، الذي لا يسمن

من جوع ولا يغني من خوف، لست أرغب في الحديث مع أي أحد، لكن لا يزال جوالي يومض بعناد..

"دكتورة.. لقد أصيب د. خالد بالعدوى، ولأنك زميلته في المناوبات يتوجب عليك إجراء الفحص"

بالطبع أصبت بالعدوى، ولم أكن وحدي بل نقلتها لبناتي وزوجي أيضاً، لا يمكنني أن أخبركم كم كان شعوري بالذنب مؤلماً وقاسياً، لحسن الحظ لم يكن المرض بالسوء الذي تخيلته مع تاريخي المرضي، بل على العكس كانت العدوى سبباً لي للتقرب من عائلتي الصغيرة، كما أني وجدت أخيراً بعض الوقت لممارسة بعض الهوايات، كان العزل متنفساً لي، كنت بحاجة لإعادة ترتيب أولوياتي، والبحث عن إجابة سؤال ما زال يؤرقني: ما الذي أريده حقاً؟ ما زلت أبحث عن الشغف الذي يتقد في من هم حولي مثل د. جسار وظبية، ما زلت أحاول جاهدة أن أتظاهر بالحماس، وأشغل نفسي بمئات المهمات لعلي أصاب بهذه العدوى، أو أجد شغفي، ولأكون صادقةً أكثر، كل انشغالي بعد عودتي للعمل،لم يكن سوى وسيلة للتهرب من التفكير بإجابة شافيةً للسؤال الوجودي الصعب الذي أرهقني "ما هو هدفي في هذه الحياة؟ ما هي رسالتي؟" والآن أصبحت حائرة ومستنزفة.

مؤخراً زاد هذا السؤال إلحاحاً بعد أن اشتركت في نادٍ للقراءة، يناقش الأعضاء فيه كتباً لتنمية الذات، ولأني أجد صعوبة في التركيز أثناء قراءة هذا النوع من الكتب، كان الاشتراك في النادي محفزاً لي لاستكمال القراءة، وفتح لي آفاقاً جديدة من وجهات النظر، كما شجعتني رئيسة النادي لأدير عدد من جلسات النادي، بدأت علاقاتي خارج إطار العائلة والعمل تتطور بشكل أفضل، كما أني نجحت في إعادة الحياة للتواصل بيني وبين بعض صديقات الدراسة، زاد ذلك من ثقتي بنفسي وكذلك كان تأثير عملي في عيادة خاصة، وقد شاركنا أنا وظبية في

دورات تدريبية وتمكنا من إقامة عدد من ورش العمل، عدا عن بعض المحاضرات التطوعية، ورغم انشغالي الدائم أجد نفسي أحياناً أتساءل "أهذا حقاً ما أريد أن أفعله طوال عمري؟"

كان جميلاً من أعضاء النادي إرسال مجموعة من الكتب لأشغل نفسي بها خلال فترة العزل، بدأت بتقليب صفحات أول كتاب، وكان لمذيعتي المفضلة "أوبرا وينفري".. أعجبني ترتيب الكتاب وقد تعمدت الكاتبة استخدام صور لمناظر طبيعية خلابة في نهاية كل فصل مع التركيز على أهم النقاط في الفصل، من العادات القرائية الجيدة التي اكتسبتها من نادي القراءة، انتقاء المعلومات التي أجدها مفيدة لي من أي كتاب ولا آخذ كل القيمة الظاهرية للكتاب، كما أني في كل الأحوال أمتلك كامل الحق في قبول ما يناسب ثقافتي وترك ما يختلف مع مبادئي، جلست للحظات أقلب صفحات الكتاب وأدون أهم النقاط في كراسة ملونة أهدتني إياها ظبية، قبل أن تقتحم خلوتي جنى تتبعها منال لنمارس الاسترخاء في الحوش تحت الشجرة العتيقة، لم يضايقني هذا بل استمتعت جداً بصوت العصافير وتراقص الوريقات الصغيرة مع النسيم، زوجي حمل كوب قهوته وجلس بقربي يستمتع بأحاديث البنات، كانت ابتسامته كافية لتملأ قلبي حباً وطمأنينة، أتراني أملك التأثير ذاته عليهم؟

فكرت كم سمحت للقلق أن يسرق من طاقتي!! وكم كانت أولوياتي مبعثرة؟! لقد كانت الإصابة بالمرض أكبر مخاوفي؟ وها أنا بعد الإصابة أكتشف المنحة التي كانت متخفية في هذه المحنة، كنت بحاجة إلى التوقف عن الجري في سباق الجرذان الذي أقحمت نفسي فيه لأجد ذاتي وسعادتي، ولكن ها أنا هنا لست بحاجة لأثبت نفسي لأحد، حبي لجنى ومنال وهيثم ليس بحاجة إلى أدلة، حبي لهم كافٍ ليملأ الفراغ الذي أشعر به، ما هي أهمية الألقاب التي كنت أبحث عنها والتقدير الذي كنت ألهث خلفه بلا طائل؟ ومن الذي يمتلك الحق بتقييم ذاتي وأهميتي؟

قراري الجديد لهذه الفترة أن أعيش اللحظة باللحظة، وأن اقف قليلاً لأغير صيغة السؤال من "لماذا يحدث هذا لي؟" إلى "ما الذي يجب أن أتعلمه مما يحدث؟" وبدل لوم الجميع على وضعي، تعلمت أن أراجع دوري في أي معضلة تؤرقني، بدأت أطيل الاستماع والتفكير قبل أن أقفز للاستنتاجات والقرارات، راسلت عدداً من الجامعات لفرصة للعمل، لربما وجدت في تدريب الأجيال الجديدة من الأطباء ضالتي، فكما تقول إحدى المتخصصات "لا بأس من إعادة كتابة قصصنا من حين لآخر"، اكتشفت من واقع خبرتي أن الحقيقة الوحيدة الثابتة هي التغيير، حياتنا تتغير ومع تغيرها تتغير أدوارنا وكذلك رسائلنا في هذه الحياة، لم أعد نادمة على أي قرار اتخذته في حياتي، دراستي.. عملي.. استقالتي.. عودتي للعمل.. قراري باستكمال الدراسة.. بحثي وسعيي لأجد طريقي.. تأكدت أن كل هذه المراحل ما كانت إلا محطات في رحلتي، وأن كل تحدٍ اجتزته في سنواتي الماضية، سواء على الصعيد الشخصي أو المهني كان تدريباً ضرورياً لصقل شخصيتي وشحذ مهاراتي لما هو أساسي، ألم يستخلفنا الله على هذه الأرض لنعمرها؟! وتعميرها يختلف باختلاف مهاراتنا وقدراتنا، بصمتي التي سأتركها من بعدي هو تأثيري على كل من هم حولي، والذي أرجو أن يكون إيجابياً، قد لا تكون رسالتي هي الطب ولكن بلا شك كان الطب أساسياً لأتعلم الكثير، وكان بوابتي التي من خلالها التقيت بأناس رائعين أثروا حياتي وأرجو أن ألامس حياتهم بما هو مفيد، بدأت أبحث كثيراً عن الطرق التي تمكنني من أن أكون ذات دور فعال في المجتمع، وقد تمكنت فعلاً من خلال عدة منصات وفعاليات أن أشارك من خلالها بالتثقيف الصحي، وكأني أخيراً تعافيت من عقدة المسرح ومتلازمة المحتال التي عانيت منها طويلاً..

* * *

ظبية

مفترق طرق

عادت الحياة لطبيعتها تدريجياً، وبعد أن توقفت الكرة الأرضية عن الدوران لعدة أشهر، وأقسم كثير من الناس على ترك العادات الصحية السيئة، والالتزام بالتغييرات التي أقسموا عليها خلال فترة الحجر، وزيادة الترابط الأسري وتقليل التوتر، وأن فرصة الحياة أعطيت للجنس البشري من جديد، لم تمض السنة قبل أن يعود الجميع لسعيهم المسعور وراء المال والأعمال، كما لو كنا نحاول تعويض الوقت الذي سرقه منا فيروس كورونا، عدنا مجدداً إلى ازدحام الطرق، والاحتفالات والمهرجانات، وساعات العمل الطويلة، مرت

سنتان كالحلم أو ربما كالكابوس لا أستطيع أن أجزم، أتممنا أنا ومرام دراسة الماجستير، ظننا أن هذه الشهادة ستفتح لنا آفاقاً جديدة، ولكن كان لقسم شؤون الموظفين رأي آخر، فبحسب قول الموظفة الموقرة التي عادت للتو من سباتها الكوروني أن الشهادة لا تطابق التخصص، ولهذا لا زلنا لا نستحق الترقية، تباً لها، حاولت أن "أدهن سيرها" بجلسة ليزر للنضارة، لكن الجاحدة لم تتوانَ عن بث سمومها حتى وهي ممددة تحت رحمة جهاز الليزر:

- أما زلت تتلاعبين بساعات العمل؟ أم أنك استقمت أخيراً؟

أكذب لو قلت إن الشيطان لم يراودني لأحرق وجهها بالليزر، ولكني استعذت بالله واكتفيت بإظهار لساني لها من خلف الكمام..

- أقول ظبية سمعت أنكِ متمرسة في حقن البوتكس.. يقولون أنتِ أشطر من د. فتون؟؟

هل تحاول أن تستدرجني بالكلام لتوقع بيني وبين فتون؟ تجاهلت سؤالها السمج، بالأحرى لا يمكن أن أجد رداً مناسباً لسؤال ملغم مثل هذا، فما من سبيل كي أعرف غرضها من هذا السؤال، لكنها استمرت بالنميمة:

- آخر مرة حقنت جبيني ارتفع حاجبي كثيراً.. بدوت كساحرة شريرة..

قاومت رغبتي بإخبارها بأن البوتكس أظهر حقيقتها الشريرة، فسمعتها وأعمالها الشريرة سبقتها، يعرف الجميع أنني ألتزم الصمت عندما أبدأ أي إجراء طبي، رغم حبي للثرثرة والسوالف في أي وقت آخر، غير أني أفضل تركيز طاقتي على ما أفعله عندما أعمل، بيد أن مريضتي هذه مستفزة جداً، وأفكاري تحوم

يمنة ويسرة، سعود سيبدأ الخدمة العسكرية بعد شهر، لا أدري كيف ستمضي الأيام خلال فترة الخدمة، لم يسبق أن بات ليلة خارج المنزل، كنت دائما أردد لمرام كلما مررنا بأزمة "أن الوقت سيمضي سريعاً"، ولكني لم أدرك حينها أن هذا الوقت هو عمرنا الذي يمضي، ظننت أن الوقت يمضي بنا فقط ولم أدرك أنه يمضي بأبنائنا أيضاً، كانت السنوات تحرقها ليالي الدراسة والامتحانات ولم أنتبه.. لم أنتبه إلى أن ابني الذي حملته على كتفي أصبح أطول مني بل ينحني ليقبل رأسي، طفلي الجميل الحبيب المهذب سيغيب عني لأشهر طويلة، كيف سأمضي الليل دون أن أسمع همهماته مع فارس وهما يتحاوران في مختلف المواضيع؟ كيف يغمض لي جفن دون أن أسمع تلاوته لورد النوم؟

حاولت أن أفرغ سريعاً من جلسة الليزر للموظفة النمامة والتي أقنعتها أن تحضر باكراً لأجري لها الجلسة بسرية عن عيون زميلاتها الفضوليات، أردت أن أكون لطيفة معها ولكنها لم تكن تستحق اللطف، لم أخف عليها حقيقة أن مشكلة التصبغات التي تعاني منها عميقة ولا يمكن علاجها بالليزر، ستلاحظ فرقاً في البشرة ولكنه لن يكون كافياً لعلاج مشكلتها، احتفظت لنفسي برأي صديقتي عنها بسبب فظاظتها عندما عرقلت معاملات نقلها إلى مستشفى آخر، "سواد قلبها يظهر على وجهها"، أردت أن أسرع في الخروج من الغرفة المشحونة بالسلبية، لعلي أحظى ببعض الهواء النقي في الخارج، ألقيت نظرة خاطفة على شاشة جوالي، إنه "الثلاثاء المنحوس" أصابتني مرام بعدوى التشاؤم "أستغفر الله"، نادتني الموظفة النمامة وقالت ترمي سهامها المسمومة:

- وين ماشية لا يكون بتشردين؟

هذه اللعينة لا تفوت فرصة لتؤذي أحداً من الموظفين دون أن تستغلها:

- نسيت بعض الأوراق في السيارة.. سأعود حالاً

في الواقع لم أنسَ شيئاً في السيارة، ولكنني أردت أن أحظى بدقائق من الهدوء قبل أن تزدحم العيادة، لوحت لها بيدي وبداخلي دعوت أن تتعثر وهي تترجل من الكرسي، قد يشفي منظرها منكبة على وجهها غليلي منها، لكن ذلك لم يحدث.

ليس من السهل أن أخفى ضيقي وقلقي عن عيون مرام المتفحصة، لذا قررت أن أزيد طبقة من قناع المرح الذي أصبحت أبالغ في ارتدائه أمام الجميع، في البيت أمام أمي وأبنائي، وفي المستشفى أمام رفاقي، وكذلك في العيادة أمام مرضاي، قناع المرأة الحديدة الواثقة، وفي الواقع هذه المرأة الحديدية بدأت تفقد قواها وشغفها شيئاً فشيئاً.

رأيت مرام في سيارتها، رأسها يتمايل مع موسيقاها التي لا أعلم أي نوع تفضل هذه الأيام، اتصلت بها وراقبتها وهي تلطخ وجهها بالمكياج لتخفي تعاستها هي الأخرى، لكن أسبابها تختلف عن أسبابي، هي تعيسة بسبب الوظيفة التي تمقتها، ولكنها لا تجد فرصة عمل أخرى خاصة وأننا نقترب بسرعة من ذلك العمر المرعب، وبالرغم من أني أحاول جاهدة تشجيعها على البقاء على رأس عملها، على الأقل حتى ندرك التقاعد، لكنني أدرك أنها لا تحتاج سوى نفخة واحدة للاستقالة، ومن يلومها؟ وضع الممارس العام سيء في الهيكل الوظيفي للأطباء، فالممارس العام يتحمل الكثير من الأعباء الوظيفية، والضغوط سواء من المرضى أو الإداريين، هذا غير تنمر الأخصائيين والاستشاريين، دون أي تقدير يذكر أو امتيازات حقيقية، ولا أمل يلوح في الأفق بتحسين الأوضاع، ولكن ما البديل؟ ماذا يمكن لطبيب أن يعمل غير الطب بعد كل سنوات الخبرة هذه؟ هل يسهل علينا التخلي عن كل

هذه المهارات؟ ماذا عن سنوات عمرنا التي ضاعت ونحن نجري وراء حلم بعيد؟ لقد حاولت مرام فعلاً ترك هذه الدوامة، فقط لتجد نفسها في قاع الإحباط، لتعود إلى وظيفة تكرهها أكثر من أي شيء سوى شعورها بالعجز وعدم الفائدة.

لقد فاتحني سعود منذ أيام برغبته في دراسة الطب، بعد كل معاناتي في هذه الوظيفة، كيف أسمح لفلذة كبدي أن يخوض مثل هذه التجربة؟ انتزعتني مرام من أفكاري بسؤالها:

- أخبريني أين وصلت يا ظبية؟

قلت ممازحة:

- ماذا تعنين أين وصلت؟ ألا ترين سيارتي الضخمة أمام سيارتك؟ أم أنك أعميت عينيك بالكحل؟

قالت وهي تشد وجهها لتضع الكحل في عينيها الثانية:

- ليس جسدياً يا ظبية.. أين وصلت بك أفكارك؟ أستطيع رؤية موجات عقلك تملأ شاحنتك القديمة بالشحنات..

- كوني لطيفة مع سيارتي "ماري غولد"

- لا تغيري الموضوع.. هيا أخبريني بما يشغل بالك..

تنهدت باستسلام حتى في أحضان "ماري غولد" لم أتمكن من الاختباء، قررت أن أبوح لها بمكنونات قلبي لعلها تتمكن من تغيير رأي سعود فهو يسمعها دائماً ويأخذ برأيها:

- سعود يصر على دراسة الطب بعد الخدمة العسكرية..

- وما المشكلة في ذلك؟

- ماذا تعنين بسؤالك عن المشكلة؟ بعد كل ما مررنا به، أنت من بين كل الناس تقولين هذا الكلام؟!! ظننت أنك ستقفين في صفي..

نظرت مرام إلى الأسفل، ثم عدلت شيلتها ونفخت خدها عدة مرات قبل أن تترجل من سيارتها وتقترب نحوي:

- لا أصدق الكلمات التي سأتفوه بها، لذا اسمعيني جيداً.. لأني لا أظن أنني سأعيدها ثانية.. أنتِ تعلمين أني أحب سعود مثل ابني، ولذلك يتوجب على أن أكون صريحة معك، قد تكون فرصته للنجاح في هذا المجال أفضل من فرصتنا بكثير..

من الصعب علي أيضاً أن أصدق أن هذا الكلام يصدر من مرام:

- من بين كل الناس كان عشمي أن تعيديه أنتي إلى الصواب..

تنهدت مرام مرة أخرى، وقالت:

- افهميني يا ظبية، منعه من اختيار ما يحب لا يختلف كثيراً عن إجباره على ما يكره، وبالرغم من كل شيء؛ وضعه يختلف عن وضعنا حتى لو أني لا أرغب بالاعتراف بهذا.

وضعت كفيها علي كتفي وأجبرتني على النظر إلى عينيها:

- أنا أؤمن بأنه سيكون التغيير الذي نرجوه، دعيه يتبع شغفه الذي استمده من أمه..

ضمتني إليها ورغم أني ما زلت مترددة إلا أن وجهة نظرها مقنعة، ففرصة سعود للتخصص والدراسة أفضل من فرصنا بسبب ظروفنا الأسرية وارتباطنا بعائلاتنا، كما أنه يستطيع الاستفادة من خبرتنا، فكل فرصة فاتتنا يمكننا أن نسخرها له.

سرنا بصمت إلى العيادة، كل منا غارقة في أفكارها، لم يفتني أن هناك ما يشغل بال مرام ولكني فضلت ألا أستعجلها بالبوح، كانت زميلتنا د. وداد بانتظارنا عند مدخل العيادة ابتسامتها تعلو محياها:

- تعالوا.. حياكم الله.. الممرضة ولاء أحضرت بعض الفطير البلدي.. شغل بيت.. شغل بيت يا خير الله.. يلا تعالوا نفطر مع بعض قبل أن يحضر المرضى..

كان الفطور لذيذاً رغم بساطته، والأجمل كانت اللمة اللطيفة التي عادت بي إلى أيام التدريب، كم افتقدت جو الألفة كثيراً خلال فترة كورونا، من غير العدل أن

أتذكر كل المصاعب، وأنسى اللحظات الحلوة التي جمعتني بزملاء رائعين تركوا بصمة جميلة في حياتي، كلام مرام منطقي، من حق سعود أن يختار مستقبله، ودوري أن أسانده مهما كان قراره.

* * *

مــرام
رياح التغيير

كم هي جميلة هذه التجمعات! وكم تحمل هذه اللقاءات من معانٍ! تأملت امتزاج الثقافات على سفرة واحدة في غرفة استراحة الموظفين، ماسلا دوسا وشانا دال برعاية الممرضات الهنديات، طبق بانسيت من السكرتيرة الفلبينية، فطير بالسمن البلدي وبعض الكعك من الممرضة المصرية، لم أجد ما أشارك به سوى القهوة والشاي وبعض البسكويت المتواضع أمام مهرجان المأكولات المنزلية، وقبل أن أنخرط في جولة أخرى من المقارنات، اقتحمت الجلسة فتون:

- ما شاء الله كلكم هنا؟؟ ما مناسبة الاحتفال؟

بدأ الجميع بالتململ في مقاعدهم، وانسحبت الممرضات الواحدة تلو الأخرى يتمتمن نوعاً من الاعتذارات المبهمة، وتطايرت أغطية الطاسات وبذات السرعة التي امتلأت بها السفرة فرغت تماماً إلا من الفطير وأكواب الشاي والقهوة نصف ممتلئة، تفرق الجمع وانتهى سحر اللحظة، جلست فتون بالقرب من د. وداد وتناولت قطعة من الفطير رفعتها بتكبر:

- هذا الفطير غارق بالسمن!! كيف تأكلون هذا الطعام غير الصحي..

سحبت د. وداد صحن الفطير وقالت:

- التزمي أنت بالرجيم والرشاقة، وخلينا نفرح بالفطير.. فهذه متع الحياة البسيطة للناس البسطاء.

أعادت فتون قطعة الفطير للصحن ومسحت يدها بالمحرمة وقالت وهي تمط وجهها بازدراء:

- د. وداد أردت منك أن تحضري لي بروتوكول لعلاج الجروح المزمنة..

تبادلنا النظرات أنا وظبية، بانتظار رد د. وداد التي نالت نصيبها من تنمر فتون، ورغم أنها أكثر خبرة منا جميعاً إلا أن حظها في التخصص مشابه لحظوظنا، حتى شهادة الماجستير في علاج الجروح المزمنة التي تحملها لم تؤهلها للدرجة، وقد اختلفت الحجج والمبررات، لذا انضمت د. وداد إلى فريق

"الغلابى" من الممارسين المضطهدين في كعب الهيكل الوظيفي، غير أنها كانت تملك لساناً لاذعاً، تجيد استخدامه عندما يحاول أحدٌ استغفالها..

- ألا تعرفين كيف تحضرين واحداً بنفسك؟ أليس من المفروض أن يكون هذا من ضمن مهامك الوظيفية؟

- بلى ولكنك خبيرة في الجروح.

- ما شاء الله عليكم.. أنتم لا تتذكرون خبرتي إلا عندما يكون مناسباً لكم.. سامحيني، ولكني مشغولة جداً اليوم ولا أستطيع مساعدتك...

كان وجه فتون يتلون بشتى ألوان الغضب وهي تقفز من مكانها كالملدوغة، بالكاد انتظرنا أن يغلق الباب خلفها حتى انفجرنا بالضحك..

- لابد أنها ستنطلق لتشكو عند رئيس القسم...

- فلتشرب من البحر.. علمت يا بنات أنها تأخذ راتبين، لماذا لا تحلل هذا المال الذي تأخذه.. تلك الحيزبونة، اتصلت بها بالأمس لتساعدني فأخبرتني أنها مشغولة في الإدارة، لم تعرف الغبية أني رأيتها تركن سيارتها وتهرب من الدوام مع صديقتها..

لا أريد أن أبدأ يومي بالنميمة، فعدا عن كونها ذنباً، فالنميمة وبإجماع من خبراء علم الاجتماع تعتبر أسوأ سارق للطاقة، وقد بدأت مؤخراً أتجنب كل ما يستنزف طاقتي بلا طائل، لم يعد يستهويني كثيراً تتبع عيوب فتون، قررت أن أعمل على تصحيح عيوبي، وبناء مهارات جديدة عوضاً عن ذلك، في

الواقع، بدأت أشفق عليها، فكل ما تقوم به ليس سوى وسيلة منها لجذب الانتباه، حتى لو كان بصورة سلبية، لقد لاحظت نفور الجميع عندما دخلت، وبكل تأكيد شعرت هي بذلك، ولذلك حاولت إخفاء شعور عدم الانتماء بالعدوانية والازدراء.

شغلت نفسي بقراءة بعض الرسائل في جوالي، حتى لا أنخرط في النميمة، ولكن ظبية كانت تسألني باستمرار عن رأيي، ورغم أني حاولت جاهدة أن أفعل خاصية الاستماع الاختياري، إلا أن بعض العبارات والجمل وجدت طريقها لتفكيري، ولكني تذكرت مقولة "الجميع يقدم أفضل ما لديه" لبرنيبه براون باحثة في علم الاجتماع، متخصصة بمشاعر العار والخزي، والتقمص الوجداني، والتي أصبحت كتبها منهاجي الدراسي لبدء تطوير شخصيتي خلال هذه الفترة من النمو النفسي.

لذا رددت بدبلوماسية:

- أظن أن الجميع يقدم أفضل ما لديه بما يتوفر لديه من الأدوات..

توقفت لقمة د. وداد قبل أن تصل فاها، وظبية أعادت فنجانها، بدا لي أنهما أرادتا رأيي ولكنهما لم تكونا مستعدتين لتقبله، لأن ظبية عاجلتني بسؤال يشوبه الاستنكار:

- هل تقصدين أنها فعلاً تقدم أفضل ما لديها؟ هل يعني ذلك أننا متقاعسون؟ لأننا بلا شك لا نحصل على الأجر ذاته، ولا الامتيازات التي تحظى بها فتون، وحظوظنا مختلفة تماماً..

انضمت إليها د. وداد:

- بالضبط فهي تنال ما تريده.. الله وحده يعلم كيف تصل إلى مبتغاها..

تأكدت بأننا لن نصل إلى اتفاق في هذا الموضوع، جميعنا يشعر بالظلم، ولكنني قررت بأني لن أسمح لهذه المسميات أن تحدد تقديري لنفسي، وأن الراتب الذي أستلمه لا يحدد قيمتي، وأن المقارنة لن تساعدني بأي شكل من الأشكال على تحسين وضعي، بل ستزيدني حنقاً وغضباً وتعزز شعور الضحية الذي يبقيني أدور في دوامات بلا نهاية، ولن أصل بها إلى أي حل حقيقي لوضعي، قلت ببساطة:

- ما أعنيه هو أنها تحاول أن تتقرب منا لأنها تشعر بالوحدة هنا.. ولكنها مثل طفلة مشاكسة لا تحسن التصرف.

بدا من صوت ظبية أنها غاضبة جداً عندما قالت:

- لو سمعتِ ما قالته عنا لرئيسة شؤون الموظفين لما دافعتِ عنها.

- أنا لا أدافع عنها ولكن ماذا لو نظرنا إلى الموقف من زاوية أخرى.

شعرت بأن كلامي أزعج صديقتي، لذا أخذت كوبي وطبقي لأغسلهما، ثم أعدتهما لخزانة الأطباق الصغيرة، عادت الممرضات لتناول الفطور بعد أن خرجت فتون، وسمعتهن يتذمرن من أسلوبها، لن أقع في نفس الفخ مرة أخرى، تجيد كل منهن الشكوى والنميمة، ولكن عندما رفعت الشكوى لرئيس القسم، أنكرن ذلك وقلن بأن أسلوبها كان يصب في مصلحة العمل، واتهمني د. عادل

بالادعاء عليها لأني أغار منها، لذا قررت وضع مسافة أمان عندما يصل الأمر للتعامل مع زملاء العمل، كدت أصطدم بإحدى الممرضات وأنا غارقة بأفكاري، دعتني الممرض لمشاركتها الطعام:

- دكتورة مرام شاركينا الفطور.

- شكرًا.. لقد سبقتكم.. عندي بعض المهام التي يجب أن أنجزها قبل توافد المرضى.. عليكم بالعافية..

أسرعت إلى مكتبي، وبدأت بتصفح كتابي الجديد الذي ستتم مناقشته هذا الشهر في نادي القراءة، وبدأت بتدوين أفكاري، شعرت بنظرات ظبية التي أخذت مكانها قربي دون أن تشغل حاسبها، كان صمتها غريباً واشعرني بعدم الارتياح، تمتمت:

- ما الأمر يا ظبية؟

- فتون تدبر أمراً ما.. وداد تقول بأن زياراتها زادت للإدارة.. إحدى الممرضات سمعتها تقول بأنها لن تتوقف حتى تنظف المستشفى من الزبالة "لابد أنها كانت تعنينا" لقد تعبت من ألاعيبها..

تركت كتابي ومدونتي، وقلت بصدق:

- وأنا أيضاً تعبت من الترقب والقلق.. بيئة العمل هذه غير صحية البتة، لم أعد أعرف صديقي من عدوي هنا..

- لكل عمل سلبياته، هل تظنين أن الجميع مرتاح في عمله؟ الجميع يشكو ويتذمر..

- يفعلون ذلك ثم ينكرون الأمر عندما تتحرك عجلة العدالة، هنا تكمن المشكلة يا ظبية، أن أحداً لا يريد التغيير، كل ما يفعلونه هو الشكوى والتذمر، لكن لا أحد يمتلك الشجاعة ليغير من وضعه..

أخبرتها بما قاله لي د. عادل، تناولت ظبية كتابي وعاينت العنوان "الارتفاع بقوة"، ثم قالت بهدوء بعد أن قلبت الصفحات:

- لا يملك الجميع رفاهية التمرد على الوضع الراهن.. لنكن واقعيين تخاف الممرضات من ردة فعل فتون، ولكنهم بحاجة إلى التنفيس عن مشاعرهن عندما يشعرن بالأمان، وهن يشعرن بالأمان في وجودنا..

لم أنظر إليها بل رفعت رأسي، وركزت نظري على النافذة الصغيرة أمامي في أعلى الجدار، كم أشعر بالاختناق في هذه الغرفة! لا يمكنني تجاوز شعوري بأني مراقبة، كل كلمة أقولها هنا لا أدري من سينقلها أوكيف سينقلها..

- ولكني لا أبادلهم هذا الشعور، الجدران لها آذان يا ظبية.. وأنا لا أجيد النفاق.. لا أستطيع التعاطف مع الزملاء الذين يتخلون عني عندما أساندهم.

- لا تسانديهم إذاً، استمعي لهم دون أن تندفعي وراء البطولة، فقط استمعي وتعاطفي معهم..

لم أقتنع كثيراً بكلامها، ولكني اكتفيت باستعادة كتابي بصمت، عذرت صديقتي فهي تحاول جاهدة أن تنشغل عن التفكير بولدها، واقتراب موعد التحاقه بالخدمة العسكرية، لا أصدق أنه ينوي دراسة الطب بعد ذلك، ولا أصدق أنني أقنعتها بالموافقة، في الوقت الذي أبحث فيه لنفسي عن مخرج، لقد تواصلت مع عدد من رفيقاتي في مستشفيات ودوائر مختلفة، الأمر أقرب للمستحيل، ولكن أملي كبير بأن سعيي سيأتي بنتيجة ما، بالطبع لم أفاتح ظبية أو والدي بالموضوع، أشعر بأنني أخونهم بقراري هذا، كما أني أخشى أن يحاولوا ثنيي عن قراري، لكني أفقد قليلاً من نفسي كل يوم في هذا المكان، مع كل القوانين الجديدة أصبح من الصعب علي المحافظة على سلامتي النفسية، أدركت أنني بحاجة ماسة إلى تغيير البيئة التي أعمل فيها.

* * *

لم أدرك أن التغيير كان أقرب مما تصورت، عندما تدهورت صحة والدي فجأة وقرر الأطباء إجراء قسطرة له، ولعبت دور الوسيط المترجم بين عائلتي والأطباء، كل المسميات اختلطت في دماغي، كيف حدث هذا لأبي لقد كان يتمتع بصحة جيدة وهو يحافظ على الرياضة والأكل الصحي، شعرت بأن توازني قد اختل بعد أن تبدلت الأدوار، علي أن أكون أكثر قوة وصلابة، ولكن الخوف حول داخلي إلى هلام، لم يكن سهلاً أبداً فلترة كل ما يقوله الجراح، أمي تسأل بإلحاح وأبي صامت بإلحاح، لا يعبر عما يدور بخاطره، ولا يمكنني أن أترجم ما تقوله عيناه، أود كثيراً أن أرتمي في أحضانه وأخبره بأن كل شيء سيكون على ما يرام، لكنني لست واثقة من شيء.

سمح لي الجراح بدخول غرفة العمليات، مضى زمن طويل منذ أن دخلت صالة العمليات الكبرى، أجريت الكثير من التغييرات في الديكور والتنظيم وكذلك

الموظفين، عاد بي الزمن إلى أيام التدريب، كانت مشاعري مختلطة بين الحنين والخوف، الحماس والرهبة، أخبرني الطبيب بأن الإجراء بسيط، ويمكن إجراء العملية تحت التخدير الموضعي ولكن الأمور قد تتغير في أي لحظة، جلست مقابل أبي أحاول بما أوتيت من قوة أن أبتسم وأبسط الأمور أمامه، عيناه تراقب بحرص كل حركاتي وملامحي بحثاً عن دليل، يجيد أبي الإنجليزية، وكنت أخشى من تأثير أي كلمة يمكن أن تقال أمامه، أشار لي الجراح بأن الأمور تسير على ما يرام ولكنه أيضاً عدد لي كل المضاعفات التي قد تحدث، أدرك أن هذا من واجبه ولكني كنت أفضل لو أنه لم يفعل، أبقيت قلبي معلقاً بالأمل والرجاء بالله، أبي رجل مؤمن ولكن صمته مثل جدار حديدي لا أستطيع أن أنفذ من خلاله إلى أفكاره ومخاوفه.

مرت العملية بسلام، وتمكنت أخيراً من التنفس عندما أزيح الغطاء الجراحي عن أبي، قبلت رأسه ويده ثم اتصلت بأمي لأطمئنها، سمعت صوتها يتقطع وهي تحمد الله وتحارب دموعها، ليس من عادة أمي أن تبدي مشاعرها لأحد، هذا الوقت عصيب علينا جميعاً، شعرت بالخزي من ضعفي وهي تشكرني، لو أنها تعرف مدى هشاشتي هل كانت لتشكرني؟!! سمحت لي مديرة غرفة العمليات بمرافقة أبي في غرفة الإفاقة وكانت لطيفة بما يكفي لتجر لي كرسياً لأجلس قرب أبي، ما كنت لأقوى على الوقوف لوقت أطول، توافد علي بعض الزملاء ليطمئنوا على حالة أبي، وكنت أفقد قليلاً من ماء الوجه، كلما سألني أحدهم إن كان أبي يعاني من أي مشكلة صحية في السابق، وكيف أني لم أتنبه لوجود أزمة صحية؟ كانوا يحاولون التعامل بلطف، ولكن طاقتي الاجتماعية نفذت، وجلّ ما أحتاجه الآن هو الوحدة والهدوء التام..

الدقائق مضت وكأنها سنوات، استأذنت أبي لأغير ملابسي قبل أن ينقل إلى غرفته، حبست نفسي داخل الحمام الصغير وأطلقت لنفسي العنان بالبكاء، كم

هائل من المشاعر يجتاحني، ولكن يجب أن أحجب دموعي، لو ظهر علي أثر البكاء ستراود أبي المخاوف، ليس الوقت مناسباً لأكون ضعيفة، غسلت وجهي بالماء البارد واستخدمت قطرات العين لأخفي احمرارها، رفعت درع المشاعر لأبدو أكثر قوة وصلابة؛ عندما ألتقي والدي في الجهة المقابلة من الباب الأوتوماتيكي لصالة العمليات لن يعرف أني كنت أبكي..

كانت ظبية بانتظارنا في الغرفة، وكم كنت ممتنة لحسها الفكاهي وهي تشاكس أمي وأبي!

- هيا اعترف يا عمي: كل هذه الحركات حتى تسافر أنت وعمو شهر عسل يديد؟

كانت ضحكة أبي أجمل ما تراه عيني "ربي أوزعني أن أشكر نعمتك علي وعلى والدي"، اقتربت أمي من أبي وقبلت جبينه وهي تتحمد له بالسلامة، ثم عادت إلى سجادتها تصلي لله شكراً رغم ألم ركبتيها بسبب عمليتها..

والداي هما جبالي الراسية، دونهما تميد بي الأرض..

تناوبنا أنا وأشقائي وشقيقاتي على زيارة والدي في المستشفى، ولكن أمي أبت تركه يبيت وحده، وتحملت النوم على الأريكة القاسية التي تتحول إلى سرير فقط لتبقى قرب أبي، ما زالت أمي تحرجنا جميعاً بتفانيها، كنت أمر بنادي رياضي بالقرب من المستشفى، لأفرغ طاقتي في السباحة، أحياناً كنت أغطس وأبقى طويلاً تحت الماء حتى أستمتع بكتم الأصوات، كم كنت أتمنى لو أتمكن من كتم الأصوات بداخلي أيضاً، ولكن الأفكار لا تنفك تتركني، وضع أبي الصحي يؤرقني ولا أستطيع أن أبوح بمخاوفي لأحد، تركيزي ينخفض بشكل كبير في كل

مهامي، التي تضاءلت أهميتها أمام وضع أبي، ضغطت مرة أخرى على زر التوقف المؤقت لحياتي، لا شيء يبدو ذا قيمة، مررت بمكتبي قبل أن أعرج على أبي في القسم، فقط لأتفاجأ باستدعاء للتحقيق، كانت تلك القشة التي قصمت ظهر البعير، لم يكن الوقت مناسباً لأرفه عن طواغيت قسم شؤون الموظفين، جميع أعضاء اللجنة لم يكونوا مثالاً للالتزام الأمر الذي زاد امتعاضي، كانت اللجنة مزعجة بكل المقاييس، ولم يكن بوسع الأعضاء اختيار توقيت أسوأ ليحشروني في زاوية الاتهام، حاولت التحلي برباطة الجأش لكني ضقت ذرعاً بازدواجية القوانين، وبجميع من يلبسون قناع الفضيلة، وأولئك الذين يرددون الشعارات المثالية وهم أول من يمزقها، عدت إلى المنزل أجرجر جناحيّ المكسورين، جلست طويلاً أقلب صفحات التواصل الاجتماعي، في محاولة مني لتخدير إحساسي الخانق بالعجز وقلة الحيلة، كيف يجني هؤلاء المشاهير المال بسهولة التنفس، بينما يبدو التنفس أصعب مما يمكنني القيام به، استوقفني مقطع فيديو:

وضعوني في إناء
ثم قالوا لي تأقلم
وأنا لست بماء
أنا من طين السماء
وإذا ضاق إنائي بنموي ... يتحطم

أعدته عدة مرات، ثم توضأت وصليت ركعتين، أطلت سجودي وأفرغت همي للملك العدل، القادر على أن ينصفني، وأن يخرجني من همي ومن ضيقي، ثم توجهت إلى شاشة حاسبي المحمول وبدأت البحث مجدداً عن وظيفة مناسبة لي، بخبراتي الجديدة ومهارتي، كانت الخيارات محدودة ولكنها لم تكن معدومة، وجدت وظائف محتملة في مستشفيات مجاورة، ولكني لم أكن متحمسة جداً للعمل في

مستشفى، ما تزال جروحي النفسية تنزف من عملي في المستشفى، ولسبب ما وجدت نفسي أبحث بين الجامعات، لربما وجدت ضالتي في العمل الأكاديمي، كان الوقت متأخراً عندما فرغت من إرسال سيرتي الذاتية لعدد من الجامعات والكليات الطبية في مدينتي والمناطق المجاورة، لا أدري كيف وصلت إلى سريري، ولكني استفقت على ألم حاد في جنبي، أردت الصراخ ولكن الألم منعني حتى من التنفس، بصعوبة تمكنت من الوصول إلى هيثم لإيقاظه، كان وصولنا للمستشفى صعباً بعد أن رفضت العلاج في مقر عملي رغم أنه أقرب، لا زلت أشعر بمرارة الخذلان من بعد اللجنة، صرخت بهيثم ليسرع، فطعنات الألم تقتلني وأنا أتلوى قربه كالمذبوحة، ولا يعلم كيف يخفف هذا الألم سألني بقلق:

- كدنا نصل.. هل ستشعرين بتحسن لو عدلت وضعية المقعد؟

- لا شيء يفيد.. أنا أتمزق يا هيثم..

أخبرنا الطبيب بأني مصابة بالتهاب حاد في المرارة وأن وضعي يستدعي إجراء عملية فوراً، فكرت بالبنات:

- هيثم.. ماذا عن البنات؟ من سيبقى معهم؟

- سأتصل بشقيقتي لتبيت معهم، لا تشغلي بالك.

عندما صحوت من تأثير المخدر كانت أمي تقرأ من مصحفها قرب سريري، وزوجي ممسكٌ بيدي وشفتاه تلهج بالدعاء، تساءلت عن البنات، فأجابتني أمي بأن شقيقة هيثم أخذتهم للمركز التجاري، وهم في الطريق لزيارتي، كم أنا مشتاقة لهم! لقد حضرت الكثير من عمليات استئصال المرارة، ولكن شكل

مرارتي المتورمة مع حصواتها في العبوة البلاستيكية كان مقززاً، أشعر بالإحراج من أمي وزوجي، بل من جميع أفراد عائلتي، ليس الوقت مناسباً لأن أشغلهم بحالتي الصحية، ماذا عن بناتي الجميلات؟ كم يأكلني شعور الذنب بسبب تقصيري بحق عائلتي!! بعد مرور كل هذه السنوات على قراري بأن أصير أقوى وأفضل صورة من نفسي، لم يتغير شيء، لا زلت غير كافية، لا زلت أشغل بال أمي، لا زلت أتسبب بالقلق لزوجي، لا زلت بعيدة عن طفلتي وعائلتي، انتشلني صوت هيثم من دوامة أفكاري:

- حبيبتي.. ما الذي يشغل بالك؟ أما آن الأوان لتفتحي لي قلبك..

- سامحوني لقد أثقلت عليكم.. ليس الوقت مناسباً لأمرض..

أغلقت أمي مصحفها وقالت:

- وهل يملك أحدنا القدرة على التحكم بالمرض يا مرام؟

- لا ولكن الجميع مشغول بوضع أبي، وبدلاً من أن أكون لكم عوناً، ها أنا أشغلكم بنفسي..

ابتسمت أمي:

- لا تقلقي.. هذه إشارة لك من الله.. لربما حان وقت التغيير..

ذكرني قول أمي بما قرأته في كتاب "الطريق أصبح واضحاً":

"حياتنا تهمس لنا بالإشارات، التي ترشدنا لخطواتنا التالية"

رددت:

- فعلاً.. حان وقت التغيير..

طلبت من هيثم أن يحضر لي كتبي وحاسوبي المحمول، وجدت رسالة من أحد الأصدقاء المؤثرين، كانت عبارة عن مقطع فيديو بعدد من إنجازاتي، ولا أخفي عليكم أنني انبهرت بالإنجازات التي حققتها خلال السنوات القليلة الماضية، كنت أبخس نفسي حقها وأنا أصدق الأعذار التي كانت تساق لي كلما طالبت بتعديل وضعي، تراءت لي صورة زميلتي لمياء الغاضبة بعد رفض تمديد إجازتها الدراسية بل وإنهاء خدماتها، وظبية المتعبة التي تصل ليلها بالنهار، حتى تتمكن من بناء مستقبل مشرق لولديها، ووداد اليائسة بعد أن رفض طلبها للمرة المليون باستحداث درجة تناسب تخصصها، كم مضى من أعمارنا ونحن في هذا السعي نطرق أبواباً ترفض أن تفتح؟! لم أعد أريد الاستمرار في لعبة البقاء هذه، حتى فتون التي علمت لاحقاً أن لها يداً في موضوع التحقيق الذي استدعيت إليه، ما عدت أريد أن أواجهها، أظن أنني اكتفيت من صراع القوى هذا، لا أريد أن أكون جزءاً من هذا الجنون، الذي يؤثر سلباً على صحتي وسلامتي النفسية، أصبحت غاضبة على الدوام، مستنزفة القوة، أقضي معظم وقتي في السيارة خارجة من المستشفى إلى العيادة، ومن العيادة إلى المكتبة، وأعود إلى البيت خائرة القوى، وفي الوقت ذاته أعصابي مشدودة، فحتى نومي الذي صار متقطعاً، فقط لأصحو وجسدي متألم. هل ضاع عمري في مقر عمل لا يقدرني ولا يساعدني على التطور؟

لا.. لا.. بالطبع لا..

لقد كان هذا جزءاً مهماً من تدريبي لمهمتي الأساس، كل مرحلة من حياتي كانت محطة أتعلم منها كيف أكون أقوى، ولأعمل أنا بنفسي على تطوير مهاراتي، بدل من انتظار أن يقدمها لي أحدهم على طبق من فضة.

ظبية ومساندتها لي، لمياء ووداد، كلهم أعطوني من خبرتهم وتجاربهم، حتى فتون وشخصيتها الصعبة، كانت مهمة لأتعلم أن كل البشر ليسوا متشابهين، وأننا لسنا ملائكة وحتى أتذكر أن لي عيوباً يجب أن أشغل نفسي بإصلاحها أولاً، قبل أن أنتقد عيوب الآخرين، لا زلت أشفق على فتون لكنني لست مضطرة للتعامل معها، علي أن أتقبّل فكرة أنني سأكون الشريرة في قصة أحدهم كما سأكون البطلة في نظر آخر، والآن عليّ أن أعمل جاهدة على بناء حاضر صحي لبناتي وزوجي.

وكما قال باولو كويلو "عندما تقرر أن تجد كنزك الشخصي فإن العالم سيدور ليقربك إليه"، وجدت رسالة ذهبية في بريدي الإلكتروني عرض عمل بدوام كامل كمساعد بروفيسور في جامعة الطب، لم يكن صعباً علي أبداً اتخاذ هذا القرار، فقد كان عرض العمل هذا هو الاستجابة لدعائي، وفي كل الأحوال أنا بحاجة إلى التخلص من الغضب، والتوقف عن إلقاء اللوم على الآخرين، والتوقف عن انتظار حدوث معجزة بل عليّ أن آخذ بالأسباب، فقد هبّت رياح التغيير في حياتي من جديد، وأنا مستعدة لخوض تجربة جديدة ألمس فيها حياة أحدهم لأغيرها للأفضل.. كما لامس حياتي كل هؤلاء الأبطال الذين مررت بهم.

تمت

I0763664